青少年经典阅读书系〔名师解读〕

QINGSHAONIAN JINGDIAN YUEDU SHUXI

DIQIU NÜHAI
WAIXING LIXIANJI

地球女孩外星历险记

【一次奇妙无比的外星历险】

〔苏〕季尔·布雷乔夫◎著

《青少年经典阅读书系》编委会◎主编

首都师范大学出版社

CAPITAL NORMAL UNIVERSITY PRESS

图书在版编目(CIP)数据

地球女孩外星历险记/《青少年经典阅读书系》编委会主编.
—北京:首都师范大学出版社,2011.11(2023年10月重印)
(青少年经典阅读书系.历险系列)
ISBN 978-7-5656-0531-4

Ⅰ.①地… Ⅱ.①青… Ⅲ.①科学幻想小说-苏联
Ⅳ.①I512.45

中国版本图书馆 CIP 数据核字(2011)第 222657 号

地球女孩外星历险记

《青少年经典阅读书系》编委会　主编

策划编辑　李佳健
首都师范大学出版社出版发行

地　　址　北京西三环北路 105 号
邮　　编　100048
电　　话　68418523(总编室)　68418521(发行部)
网　　址　www.cnupn.com.cn
印　　厂　汇昌印刷(天津)有限公司
经　　销　全国新华书店发行
版　　次　2012 年 7 月第 1 版
印　　次　2023 年 10 月第 7 次印刷
书　　号　978-7-5656-0531-4
开　　本　710mm×1000mm　1/16
印　　张　11
字　　数　114 千
定　　价　28.00 元

总　序

被称为经典的作品是人类精神宝库中最灿烂的部分，是经过岁月的磨砺及时间的检验而沉淀下来的宝贵文化遗产，凝结着人类的睿智与哲思。在滔滔的历史长河里，大浪淘沙，能够留存下来的必然是精华中的精华，是闪闪发光的黄金。在浩瀚的书海中如何才能找到我们所渴望的精华——那些闪闪发光的黄金呢？唯一的办法，我想那就是去阅读经典了！

说起文学经典的教育和影响，我们每个人都会立刻想起我们读过的许许多多优秀的作品——那些童话、诗歌、小说、散文等，会立刻想起我们阅读时的那种美好的精神享受的过程，那种完全沉浸其中、受着作品的感染，与作品中的人物，或者有时就是与作者一起欢笑、一起悲哭、一起激愤、一起评判。读过之后，还要长时间地想着，想着……这个过程其实就是我们接受文学经典的熏陶感染的过程，接受文学教育的过程。每一部优秀的传世经典作品的背后，都站着一位杰出的人，都有一个高尚的灵魂。经常地接受他们的教育，同他们对话，他们对社会与对人生的睿智的思考、对美的不懈的追求，怎么会不点点滴滴地渗透到我们的心灵，渗透到我们的思想和感情里呢！巴金先生说："读书是在别人思想的帮助下，建立自己的思想。""品读经典似饮清露，鉴赏圣书如含甘饴。"这些话说得多么恰当，这些感

总 序

Total order

受多么美好啊！让我们展开双臂、敞开心灵，去和那些高尚的灵魂、不朽的作品去对话，交流吧，一个吸收了优秀的多元文化滋养的人，才能做到营养均衡，才能成为精神上最丰富、最健康的人。这样的人，才能有眼光，才能不怕挫折，才能一往无前，因而才有可能走在队伍的前列。

"首师经典阅读书系"给了我们一把打开智慧之门的钥匙，会让我们结识世界上许许多多优秀的作家作品，会让这个世界的许多秘密在我们面前一览无余地展开，会让我们更好地去感悟时间的纵深和历史的厚重。

来吧！让我们一起品读"经典"！

国家教育部中小学继续教育教材评审专家
中国教育学会中学语文教学专业委员会秘书长　苏立康

丛书编委会

丛书策划　李佳健

　　　　　王　安

主　　编　李佳健

副 主 编　张　蕾

编　　委（排名不分先后）

　　　　　张　蕾　李佳健　安晓东　王　晶　高　欢

　　　　　徐　可　李广顺　刘　朔　欧阳丽　李秀芹

　　　　　朱秀梅　王亚翠　赵　蕾　黄秀燕　王　宁

　　　　　邱大曼　李艳玲　孙光继　李海芸

月朗星稀的夜晚，遥望夜空，那个空旷而神秘的太空曾经令无数人狂热地幻想过：上面是不是生存着另一些生物？每个星球之间是不是也都友好地互相往来？有没有外星人？他们也像我们地球上的人类一样，在努力建设自己美丽的家园吗？无数的奇思妙想，出现在爱思考的人们的头脑中，这其中有一个想象力特别丰富的，他就是——季尔·布雷乔夫，俄罗斯当代著名的科幻小说家。他的作品为我们构建了两个缤纷的世界，让我们在品读中视野更开阔。

季尔·布雷乔夫，原名伊戈尔·福赛沃洛多维奇·冒哲柯，是俄罗斯当代著名的学者型作家。他拥有博士学位、教授职称和院士头衔，并荣获前苏联国家文艺奖。季尔·布雷乔夫自幼兴趣广泛，曾向往成为地质学家或考古生物学家，这些在他的作品中都有明显的反映。大学时代，他努力专攻英语，毕业后转道中国去缅甸，在建筑工地任译员。国外的旖旎风光使他迷恋，遐想悠远；东方的古老文化令他孜孜不倦，他认真考察研究，乐在其中。

从缅甸回国后，季尔·布雷乔夫进入苏联科学院东方学研究所工作，撰写了多种有关缅甸与东南亚的历史地理、文化习俗的专著。在东方学研究所，他长期主持东南亚部，正如他本人所说，"四十年没有挪窝"。与此同时，他涉足多个领域，取得了令人瞩目的成就。年轻时，季尔·布雷乔夫兼任记者，足迹遍及全国，发表大量游记，后分类汇编成书。季尔·布雷乔夫还出版过不少史地、科普方面的知识读物，其中《七和三十七个奇迹》一书，介绍世界闻名的亚非文化遗产古迹，包括中国的长城、兵马俑，十分畅销。

季尔·布雷乔夫虽然工作繁忙，但这并不妨碍他从事科幻小说的创作。而且早在 20 世纪 60 年代，这位年轻的作家已被公认为科幻小说界璀璨的新星之一。他创作的科幻作品分为两大系列，即"帕弗雷什系列"和"阿丽萨系列"。

"帕弗雷什系列"所有作品的主人公都是宇宙飞船医生帕弗雷什。而"阿丽萨系列"科幻作品，之所以以"阿丽萨"为主人公贯穿始终，这与季尔·布雷乔夫的女儿有关。季尔·布雷乔夫的女儿就叫"阿丽萨"。阿丽萨 5 岁时，季尔·布雷乔夫写了一组科幻小说，共 7 个短篇，总题目为《出不了事的小女孩》，发表在 1965 年第 11 期的《冒险世界》上，大受欢迎。"阿丽萨系列"代表作品有《地球女孩外星历险记》、《人地艇》、《独闯金三角》、《大战微型人》等。

季尔·布雷乔夫和中国很多友人情谊深厚，他打算 2003 年来上海，但他的这次中国之行没有实现。2003 年 9 月 3 日这天，他不幸去世了，但他的作品将成为科幻界的宝贵财富，一代一代地流传。

目录

目录

学校陈列室的金锭不翼而飞，这竟然和阿丽萨有关……

刚过新年的时候我就答应阿丽萨，等到二年级的暑假，就和她乘坐"飞马号"飞船去给动物园搜寻各种珍稀的动物。但前提条件是阿丽萨要乖乖听话，努力学习。

阿丽萨一直做得不错，我正为她能够实现梦想而高兴。不料，一件意外的事差点搅乱了计划。

那天我正在家里写文章，阿丽萨愁眉不展地放学回来了，她一进门，就把书包使劲儿往桌上一扔，饭也不吃，就连自己爱看的《遥远星球的动物》也不看了，而是拿起了《三剑客》。

看来是发生什么事了，我放下笔，走过去摸摸阿丽萨的头问道："亲爱的宝贝，怎么了?"阿丽萨放下书问道："爸爸，你这儿要是有3斤重的金锭多好啊!"

"很遗憾，我没有。"

"现在我非常需要金锭。"阿丽萨哭丧着脸说。

我又问道："你遇到什么事儿了？说吧。"

看来小主人公不是一直很"乖"，那么究竟如何"不乖"呢?

一系列动作描写表现了小主人公的情绪和心情。

阿丽萨深深地叹口气，犹豫了一下说："爸爸，我犯了个大错，我偷了东西。我和纳乌冒夫决定去伊克兴斯水库钓狗鱼，这种鱼特别大，要钓这种鱼得用特殊的金属片。廖瓦当时就提到了金锭，恰巧我们学校的陈列室里有 3 斤重的金锭。"

"你们把 3 斤重的金锭偷走了？"

"爸爸，情况不是你想象的那样，我们只是想借用一下，来做带钩的金属片。廖瓦说会带另一块来还给学校。"

"那些男生都不敢把陈列柜打开，于是我们决定抽签儿。可偏偏抽着我了，当着所有同学的面，我没法退缩。再说，学校也不一定能发现这件事。"

"后来呢？"

"后来我们去了纳乌冒夫家，把金锭剖开，然后到伊克兴斯水库去了，可是没想到我们的金属片被狗鱼咬掉了。"

阿丽萨想了想，又补充道："也不一定是狗鱼，可能是水底下的树干。金属片很沉，我们轮流着潜下水去找过，可没找到。"

"然后你们的罪行暴露了？"

"是的，因为廖瓦是个不守信用的家伙。他只从家里拿来一把钻石，一块黄金也没有。这件事被叶莲娜老师碰上了，真是倒霉！纳乌冒夫挺身而出，说一切后果由他承担，但我不同意，既然我抽中了签，是我拿的金锭就该我受罚。"

"全部情况就是这样？"我觉得奇怪，"那么你已经

（表情和动作表达了阿丽萨自责、懊悔和羞愧的心情。）

（思考问题方式的缜密、细致。）

（充分表现了同学间的团结友爱，也表现了他们的敢做敢当。）

坦白交代了？"

"还没有，"阿丽萨低下了头说，"叶莲娜老师说，除非金锭明天出现在陈列室，否则我们所有的人都要受到惩罚。明天我们可能没有资格参加比赛，甚至可能被开除。"

"什么比赛？"

"一场全校气球比赛，我们班的参赛代表队由纳乌冒夫、叶戈弗洛夫和我组成。叶戈弗洛夫一个人根本没办法飞。"

这时候，阿丽萨还在想着集体和团队的荣誉。

"可是，更重要的是你破坏了我们的约定。"我说。

"是的，"阿丽萨承认，"但我觉得，事情还不算太严重。"

"是吗？偷走 3 斤重的金锭，而且还不坦白！恐怕乘坐'飞马号'去探险的计划要泡汤喽！"

"哦，爸爸！"阿丽萨压低了声音说，"这可怎么办？"

"自己好好想想吧。"我说，转身回书房打算完成我的文章。

然而，回到书房我却没心思继续写下去了。几个小孩子，居然剖开了陈列品，这事有点太荒唐了。过了一小时，我从书房门口朝外望去，阿丽萨不知跑到哪里去了。于是，我打电话到矿物学陈列馆去，找富里德曼。在帕米尔，我们曾有过几面之缘。

爸爸虽然表现得漠不关心，可在背后的行动却孑然不同。

可视电话接通后，我问了金锭的事，富里德曼感到有些为难，他说那些藏品都是登记在册的。但我说阿丽萨很需要它，富里德曼听说是阿丽萨急需，他做了让步，同意把金锭给我，不过有个条件——把蓝雪豹借给

为什么一提到阿丽萨急需，就出现了不同的结果？

他一天对付那些猖狂的老鼠。谁都知道，老鼠一闻到蓝雪豹的气味，就会逃之夭夭的。

"行，"我说，"不过，明天早晨以前金锭一定要寄到，通过气动特快专递吧。"

我刚关掉可视电话，门铃突然响起来。我去开门，看见一个脸色白净的小男孩站在门外。"叔叔，你好！我是叶戈弗洛夫，请把这个交给阿丽萨。再见！"说完转身就跑掉了。我打开沉甸甸的包裹——是金锭。

小男孩刚走，门铃再次响起。我开门一看，两个小女孩出现在门外。她们自称是一年级的学生，然后把两个同样的小包递给我，说转交阿丽萨，就转身跑了。我打开一看，一个包里是四块金币，另一个包里放着三只茶匙。我仔细一看这三只茶匙根本不是金的而是铂的。

后来在我家的信箱里，又发现了一块金锭，不知是哪个知情者投进的。接着是廖瓦来了，他硬是把一小盒钻石塞给我。然后，有个高年级学生也来了，一下子送来三块金锭。

到了傍晚，阿丽萨才回来。刚到家她就迫不及待地从书包里拿出一个大包裹，看样子有六七公斤重。原来是从"飞马号"船长包洛思柯夫叔叔那儿弄来的金锭。

这时，当她看到了桌上堆放的金锭和其他黄金制品时，竟激动地叫起来。

"听着，小罪犯，"我说，"如果没有你这伙朋友的帮忙，我是无论如何也不会带你去探险的。"

"这跟我朋友们的帮忙有什么关系？"

"因为我觉得，能得到这么多人帮助的孩子一定不

以上三段充分展现了阿丽萨的朋友们对她的真挚友情。

呼应前面阿丽萨朋友们的帮助的行动。

是一个坏孩子。"

"我根本就不是个坏孩子。"阿丽萨理直气壮地说。

正说着，墙上那气动特快专递机的接收器发出了响声。我打开小门，取出矿物学陈列馆寄来的邮包——富里德曼寄来的金锭。

"这是我帮你搞来的。"我说。

"哦，那你也是我的朋友啊。"阿丽萨兴高采烈地说。

"是的，"我说，"不过，你可别自以为有什么了不起。"

第二天清早，我把阿丽萨和那 18 公斤重的金锭送到学校。在学校门口，我把书包交给她，说："忘了告诉你，要罚你做件事儿。星期天你要带蓝雪豹到矿物学陈列馆去。"

"带蓝雪豹到陈列馆去？去做什么？"

"它要去那里对付老鼠，你的主要任务是看着它，别让它吓着人。"

"没问题，"阿丽萨说，"可我们的考察约定能按计划进行吗？"

"当然没问题！"

不止是尊重和威严，孩子们更希望得到家长平等相待的友谊。

做错事，受责罚自然是理所应当的。

▌情境赏析▐

一直表现不错的阿丽萨终于惹出了大麻烦，她和同学一起偷了学校陈列室三斤重的金锭，为了能去钓大狗鱼，而后来事情的发展令人感动，阿丽萨的朋友们都尽力帮她，展现了他们之间纯真的友谊。这一章用阿丽萨惹下的麻烦为背景，通过她之所以担心偷金锭后被惩罚，是因为害怕无法参加气球比赛，不能为集体赢得荣誉。其后，朋友们纷纷行动，给阿丽萨送来了 18 公斤的金锭，表现了他们纯真的友谊，同时更是展现了阿丽萨为什么会赢得这样的友谊，那么必然与她自己的行为、性格以及品质有关。

▌名家点评▌

善良、聪慧、活泼、勇敢的阿丽萨在俄罗斯国内知名度较高。当代小朋友在书店里挑中描写阿丽萨历险的作品，爸爸或妈妈往往会在一家高兴地说："这也是我小时候爱看的书。"

——巴金

第二章

飞船上的『兔子』们

"飞马号"由于超重无法起飞，原来飞船上藏有 43 只"兔子"。

<big>我</big>正在为飞船起飞而紧张地忙碌着。

我们要准备好捕捉动物所需的成百上千种器具，我们得储存食品、药品等生活必需品，我们还要给在一些科学基地、实验站和各类行星上的工作人员捎去货物和包裹。此外，还有许多礼物和包裹，是一些地球人和外星人的亲人们托我们捎的东西。最后，我们的"飞马号"仿佛变成了诺亚方舟，变成了流动送货的市场或商品供应站的仓库了。

"飞马号"是一艘小飞船，因此乘员有限。其成员有：我——莫斯科动物园的谢列兹涅夫教授，<u>我自己都不晓得怎么就成了教授</u>。从小我就对动物感兴趣，大学时专攻生物学，毕业后一直从事动物研究。不过值得炫耀的一件事就是我去过许多外星球。

盖纳季·包洛思柯夫是一船之长，他是一个著名的宇航家和飞船指挥员。他镇定自若，宇宙飞船上的人都非常敬重他。包洛思柯夫个子不高，肤色白皙，不苟言

交代了飞船的作用，以及这次航行的任务。

幽默、诙谐表达自己的谦虚。

笑，彬彬有礼。可只要他在宇宙飞船驾驶台的圈椅上坐下，顿时像换了个人。

外貌、动作描写表现了船长的性格和工作态度。

机械师泽廖内是"飞马号"的第三个乘员。他五大三粗，有着蓬松棕红色的络腮胡子。泽廖内是一位出色的机械师，研究发动机是他最大的爱好，他整天在机房里专心修修弄弄。但是泽廖内总是杞人忧天，他总在担心"横祸"飞来。然而，对于泽廖内的唠叨我们已经习以为常了，并不搭理他，他也不生气。

为全书一系列情节的展开埋下伏笔。

我们的第四个乘员是阿丽萨，她刚念完二年级，很不安分，随时都会惹出点事儿来，不过到目前为止，凡是她的惊险故事，最终都化险为夷。在考察队里，她是个好帮手。

出航前，我一夜没睡好，总觉得有人在屋子里走动，开门关门，响声不绝。我起床，发现阿丽萨已经把衣服穿好，于是我们登上小飞车，小飞车缓缓地升到街市上空，轻灵地朝着西方航天器升降场飞去。我让阿丽萨驾驶小飞车，自己取出一串长长的清单，逐一核查。

因为我在集中精力做事，所以并没有注意小飞车是如何飞到了航天器升降场。阿丽萨一副聚精会神的样子，她仿佛在不停地思索着什么事情。她想得出了神，竟然把小飞车降落在一艘陌生飞船旁边。这艘飞船是要把猪崽送到金星上去的。

这些描写表达了一种什么样的心理状态？

小飞车突然降临，猪崽儿惊得四下乱窜。货运主任把我责备了一顿，说我不该让一个吃奶娃娃驾驶小飞车。

我生气地瞧瞧阿丽萨，握住方向盘，把小飞车向白色的"飞马号"驶去。包洛思柯夫正等着我们，彼此还没问候，他就急着说："咱们想想办法，把3吨物品放到哪儿去。"

我说："这样吧，到了月球，我们把一部分物品转到定期航行的飞船上去，那样就可以从月球轻松起飞了。"

"我也这么考虑，"包洛思柯夫说，"但为了保险起见，咱们把4吨卸下吧，这样可以多装点动物回来。"

接着我们一起检查要在月球上卸下的物品。在货舱的通道里，我碰上了阿丽萨，我感到很奇怪，就问道：

"你在这儿忙什么？"

阿丽萨躲到一捆环形小面包后面，说："我……我熟悉熟悉飞船。"

"到座舱里去。"说完，我又赶紧忙去了。将近12点，我们总算一切准备就绪。我和包洛思柯夫把所有物品又检查一次，最后留有200公斤的余地。这回应该可以放心地升上太空了。包洛思柯夫呼叫机械师泽廖内准备起飞。

"调度所，'飞马号'请求起航。"包洛思柯夫凑近送话器说。

"稍等一下，"调度员回答，"你们有空座位吗？顺便帮我们带五个人行不行？"

"非常抱歉，我们连一个空位也没有。"包洛思柯夫明确地回答，"我们不带乘客，不是有载客飞船吗？"

抓住她啊！她要做"坏事"了！

"全客满了。您还不知道吧，今天月球上有一场银河系足球锦标赛，是地球队和菲克斯星球队角逐。"

"可为什么在月球上比呢？"包洛思柯夫感到诧异。

你觉得船长问得天真吗？那么你知道为什么要在月球上比吗？

"你问得好天真！"调度员说，"有地心引力，菲克斯星球人怎么踢得好球？在月球上他们踢起来也相当艰难呢。"

"那我们赢球应该没问题？"包洛思柯夫问。

"我看未必，"调度员回答，"他们请来三个火星人后卫，还有著名球星西蒙·勃朗。所以我们需要强大的助威团，请帮忙带上几个啦啦队员吧！"

"我非常同意你的意见，可是我这飞船真带不了人。"包洛思柯夫说，"什么时候可以起飞？"

"算了，这是您做主的事情。起飞吧。"

包洛思柯夫转而招呼泽廖内对准行星轨道，准备起飞。飞船微微颤动，再加足马力，可飞船还只是震动一下，仍然停在原处。包洛思柯夫感到很吃惊，他重新试了一次，可飞船像生了根似的，在原地一动也不动。泽廖内大喊用不着试了，仪器显示严重超重。

用比喻说明超重的严重程度。

这怎么可能呢？我和包洛思柯夫用计算机核算过很多遍的，而且我们还少 200 公斤呢。不知道原因所在，时间也不容许我们耽搁了，我们只能卸掉些物品。

"坏事"马上要露馅了！

"从第一舱开始吧，那儿的包裹全是要在月球上卸下的。"我说。

"不要从第一舱开始。"阿丽萨突然喊起来。

"好吧，"我随口答应，"那就从第三舱开始。"

"也别从第三舱开始。"阿丽萨又说。

"为什么?"包洛思柯夫非常不理解阿丽萨的举动。

就在这时,调度员再次发话联系:"'飞马号',有些人在责怪你们。"

我们和问讯处接通,屏幕上映现出飞船等候厅。问讯处那边人头涌动。在人群中,几张熟悉的脸出现在屏幕上。

听到她们的谈话,我恍然大悟。那些挤在问讯处旁边的人,我终于认出来了:全是阿丽萨同班同学的家长。

"全明白了,"包洛思柯夫说,"有许多'兔子'躲在咱们的飞船上吧?"

"我没想到飞船会超重,"阿丽萨说,"这是本世纪最重要的球赛,错过机会多可惜!我去看,他们却不去看,这哪儿成?"

阿丽萨对待朋友的态度。

"咱们这儿躲着许多'兔子'吧?"包洛思柯夫扯开大嗓门。

"是我们班和同年级两个班的同学们,"阿丽萨小声地说,"昨天夜里,趁爸爸睡着,我们溜进了飞船。"

"你别梦想飞去那儿了,"我生气地说,"考察队里不能出现不懂纪律的人!"

"爸爸,我再也不了!"阿丽萨求饶,"你要理解我,爸爸。我不能做一个自私的人啊!"

"可是你的这种做法会使我们粉身碎骨的。"包洛思柯夫大声喊道。

尽管包洛思柯夫很恼火，但他还是原谅了阿丽萨。

"把'兔子'们撵走，"他开出条件，"半小时内如果办好，你就留在飞船上，要不我们把你也扔出飞船。"

23分钟以后，43只"兔子"，也就是阿丽萨的同学们，已经统统站在飞船旁边，愁眉苦脸，好不伤心，一群爸爸妈妈和奶奶，从航天站大楼那边朝他们奔来。

至于阿丽萨是如何把他们安顿在飞船上的，我到现在也没弄明白，而我们居然连一个也没发现。

我们终于升到地球上空，朝着月球飞去。这时候，阿丽萨冲着我说："爸爸，真遗憾，那些同学不能去看球赛了。"

"是很遗憾，"我接过话头，"我替你感到难为情。"

"我不是这个意思，"阿丽萨说，"三年级二班真幸运，他们全班同学都躲在运货飞船的马铃薯口袋里，昨夜就飞走了。当他们全班在体育场里出现，我们二年级却没人，唉！都怪我！我辜负了同学们的信任，没有完成同学们交给我的任务。"

"可是我感到很奇怪，他们把口袋里的马铃薯藏哪去了呢？"包洛思柯夫问道。

"这我就不知道了，"阿丽萨说，"当在体育场里看到三年级二班的全体同学，我心里该多么难受啊！"

> 如此严重的事，竟获得了原谅，反衬出大家对阿丽萨的喜爱。

> 心情沮丧。

> 没有帮助到朋友们，她还在自责。

▌情境赏析▐

通过飞船严重超重、无法起飞，最终搜出飞船上藏的43只"兔子"，写到阿丽萨因没有帮助到全体同学，而深感伤心、自责。内容与第一章相呼应，显示了阿丽萨能够赢得大家的喜爱，绝不是偶然的。尽管船长最终很恼火，还是严重违反了考察纪律，有可能导致灾难，但船长仍旧选择了原谅，这足以说明所有人对阿丽萨的喜爱是真实、自然的。

▌名家点评▐

布雷乔夫的作品，咀嚼再三，对战争与和平，对自然与人，会生出些新的体悟。后来出现在多部作品的主角无所畏惧，细心、善于发现……

——王志冲

第三章

教授在月球上遇到了他的外星老朋友格罗莫泽卡，并获知有关"三船长"及"三船长"星球的消息。

"飞马号"在月球的航天器升降场上降落了，我们打算明天6点整再起飞。旅伴们各自有自己的计划。包洛思柯夫船长要留在飞船上，做好起飞前的准备工作，泽廖内和阿丽萨要求去看足球赛。

阿丽萨和泽廖内走后，我前往"登月车"餐馆，想在这个一流的餐馆里喝杯咖啡。餐馆的正厅里，几乎座无虚席。我在门口正寻找着座位，忽然听到了熟悉的大嗓门："我看见谁啦！"

我循声望过去，只见老朋友格罗莫泽卡坐在一张桌子旁边。我们已经5年没见面了，但我时刻牵挂着他。当初，我成功地在埃弗利季卡星球的丛林里搭救了格罗莫泽卡，我们相处得非常亲密。格罗莫泽卡是从一个考古队里走失的，在林子里迷失了方向，险些成了一种16米长的小飞龙的腹中之物。

格罗莫泽卡张开他那半米宽的大嘴，展露迷人的笑容，友善地向我伸出爪子尖利的手，快步朝我这边奔来。来到我跟前，他用那并不怎么舒服的手紧紧地把我搂在他胸前。

"老兄！"他发出狮子般的吼声，"多年不见了！我正要到莫斯科去看你，没想到……真不敢相信自己的眼睛……什么风把你吹来的?"

"我们出发去考察，"我说，"在银河系内进行广泛的探寻。"

"太好了! 我感到欣慰。"格罗莫泽卡充满感情地说。

"坐下吧!"格罗莫泽卡招呼，"机器人服务员，给我的好友一瓶格鲁吉亚葡萄酒，我自己要3升缬草汁。"

机器人服务员应声后，到厨房去了。于是我们开始叙旧及了解彼此现在的生活。

我这朋友多愁善感，此刻满怀忧郁，一声长叹，震耳欲聋，八只眼睛里流出泪水，气雾腾腾，异味刺鼻。他感慨万端，鼻孔里喷出四股刺鼻的黄色烟雾，弥漫在正厅里。不过，他立刻控制住自己，对周围人说："餐馆的贵宾们，对不起，我尽量不再引起各位的不愉快。"

烟雾在餐桌间萦绕不去，人们在咳嗽，有几个甚至离开了大厅。

"咱们也走吧，"我被熏得难受，说，"要不，你还会搞点名堂出来的。"

"你的话有道理。"格罗莫泽卡恭顺地听从了。

我们来到休息大厅，格罗莫泽卡占据了整整一张沙发。我在他近旁的椅子上坐下。机器人为我们送来葡萄酒和缬草汁，同时给我一只高脚杯，给楚玛罗兹星球人的是1升容量的罐子。

在和格罗莫泽卡的交谈中，得知他和他的队员们过两个星期左右要到柯莱德星球上去发掘一座死城，他们将从水星出发，出发前飞到这里来，是为了取红外线检测器。

"瞧我怎么尽说自己啦! 还是谈谈你们的航线吧。"格罗莫泽卡说。

"我也只知道个大概。"我回答，"我们先飞往太阳系附近的几个基地，然后自由寻找。有三个月的充裕时间，飞船容量也大。"

"你打算到埃弗利季卡星球去吗?"格罗莫泽卡问。

"不，莫斯科动物园里已经有小飞龙了，至于大飞龙，很遗憾，还没有谁能捕捉到。"

"即使你有本事捕捉到，"格罗莫泽卡说，"你的飞船也无法把它装回去。"

我承认"飞马号"运不了大飞龙，因为单说大飞龙的食料吧，一天就得四吨重的肉和香蕉呐。

"听着，"格罗莫泽卡说，"我有了个主意，我要帮帮你。"

"怎么帮？"

"你听说过以三船长命名的行星吗？"

"在哪儿读到过，为什么这样命名，都记不起来了。"

格罗莫泽卡舒展开肚子上几片闪亮的薄薄甲壳，从头说起：

"在194扇形带，有个荒无人烟的小星球。最初，它没有名字，只有一个数字代号。现在宇航员们叫它'三船长'星球。因为在那儿，矗立着三个人的雕像。这是为了表彰三位宇宙飞船的船长而造的。这是三位勇士、杰出的探险家。头一位是地球人，第二位是火星人，第三位是菲克斯星球人。这三位船长同心协力，遨游星空，在环境险恶的行星上降落，拯救过一些濒临灭亡的星球。正是他们，首次征服埃弗利季卡星球上的丛林，其中一个船长还打伤了大飞龙；正是他们，找到了比自己人数多九倍的一群宇宙强盗，并且直捣老巢，一举歼灭；正是他们，穿过甲烷大气层，降落到各各他星球上，并且在那里发现了库尔萨克护航队丢失的点金石；正是他们，炸毁了一座喷吐毒气的火山，否则那整个行星上的居民将会灭亡。三船长的功绩，可以接连着讲两个星期……"

"现在我记起来了，"我打断格罗莫泽卡的话头，"没错儿，我听说过三船长。"

"这就对了，可我们很快就忘掉英雄，这是不应该的。"格罗莫泽卡责怪似的晃晃软乎乎的脑袋，继续说，"几年前，三位船长分手，各自进行活动。第一船长醉心于'金星方案'。"

"哦，这个我知道，"我插嘴，"有一些人在着手改变金星的轨道，他便是其中的一个。"

"对。第一船长素来喜欢宏伟的计划。如果把金星迁移得离太阳稍稍远些，并改变它的运行轨道，人们就可以去定居。为此，最精通航天技术的第一船长亲自制订方案。"

"另外两位船长呢？"

"据说，第二船长已经死了，但死亡的地点和时间不得而知。第三船长飞往邻近的一个银河系，要过几年才返回。因此我想说，这三位船长肯定看到过大量罕见的珍禽异兽，他们肯定留下了一些笔记、日记。"

"会留在哪儿呢？"

"日记保存在三船长星球上。那里的三船长雕像，是几名风格朴实的当代艺术家，应 80 个星球提出的书面要求塑成的。在雕像旁边，有一个实验室和一个中心纪念馆，维尔浩夫采夫博士经常住在那儿。在整个银河系里，他是最了解三船长的。如果你顺便到那儿去一趟，准保不虚此行。"

"谢谢你，格罗莫泽卡，"我说，"也许，缬草汁你已经喝得够多了吧？过量会损害你的心脏。"

"有什么办法啊！"我的朋友拍了一下爪子尖利的双手，"我有三颗心脏呢，缬草汁正在严重地损害其中的一颗，可惜我怎么也弄不清是哪一颗。"

我们又谈了整整一小时，回忆共同度过的艰难岁月。忽然，休息大厅的门敞开了，出现了成群的地球人和外星人。大家把地球混合队的足球队员们抬了起来。乐曲奏响，欢声雷动。

阿丽萨从人群中跳出来。"太精彩啦!"她看见了我就喊,"从火星上请来的帮手也帮不了菲克斯队的忙:3比1!三年级二班的同学并没有出现,大概被截获送了回去。谁让他们躲在马铃薯口袋里,活该!"

"阿丽萨,你心胸狭窄。"我说。

"不!"格罗莫泽卡打抱不平,吼叫起来,"你没有权力欺负无力自卫的小女孩儿!我不准你让她受委屈!"

格罗莫泽卡用爪子尖利的双手抱住阿丽萨,朝着天花板托举起来。"你的女儿就是我的女儿。我不允许!"他嚷道。

"可我不是你的女儿。"阿丽萨居高临下地说。还好,她不怎么害怕。

然而,机械师泽廖内却大惊失色了。他恰恰在这当口走进休息大厅,一眼看到阿丽萨在一个异常胖大的怪物手里挣扎。他吹胡子瞪眼,那棕红色的大胡子竟像旗子般颤动。他朝格罗莫泽卡直奔过去,一头撞向我这朋友滚圆的肚子。

格罗莫泽卡腾出爪子尖利的手来,抓住泽廖内,把他放到枝形吊灯架上。接着,他小心翼翼地放下阿丽萨,问我:"我有点儿过分吧?"

"有点儿,"阿丽萨抢在我前面接茬儿,"把泽廖内伯伯放下来吧。"

"这样他才不能袭击考古学家,"格罗莫泽卡回答,"我不愿意放他下来。拜拜,晚上见。"

于是,格罗莫泽卡对阿丽萨调皮地眨眨眼,摇摇晃晃地朝大门口走去。在足球队员的帮忙下,我们把泽廖内从枝形吊灯架上弄了下来。我对格罗莫泽卡有些恼火,因为我这个朋友虽然是天才的科学家和忠实的朋友,可惜往往落拓不羁,不拘小节,他表现幽默感的方式有时也稀奇古怪。

"那咱们往哪儿飞呀?"当我们走向飞船的时候,阿丽萨问。

"首先把物品捎往火星,接着去看望小大角星上的勘探队员,"我说,"然后从那儿到三船长星球的基地上去。"

"三船长万岁!"阿丽萨欢叫,其实以前她并没听说过他们的业绩。

▌情境赏析▐

通过与楚玛罗兹星球人格罗莫泽卡的相遇,由其口中大致了解到有关三船长星球以及三位杰出船长的英雄事迹,正式揭开了贯穿整部书故事线索的序幕。而本章后一部分穿插的一个小细节更加说明了阿丽萨被大家喜爱的程度,当爸爸批评阿丽萨心胸狭窄时,格罗莫泽卡立刻打抱不平,甚至吼叫起来,而最有意思的是,格罗莫泽卡因为古怪的幽默表达方式,令泽廖内吹胡子瞪眼地异常愤怒,以致一头撞向格罗莫泽卡,因为他误以为会伤害到阿丽萨。

第四章

大蝌蚪死了

"飞马号"来到小大角星上，勘探队员们送给教授他们几只大蝌蚪，不料，大蝌蚪却神秘地死了。

我们来到小大角星，受到勘探队员们十分隆重地欢迎。

在基地的休息室里，勘探队员们摆起了丰盛的晚餐，为我们接风。阿丽萨成了主要的客人。所有的勘探队员都是成年人，他们的孩子全留在各个星球的家里。孩子不在身旁，他们非常惦念，见到阿丽萨便异常高兴，阿丽萨乐意回答各式各样的问题。

第二天，我们把捎来的物品、包裹，一一转交给勘探队员。在离开的时候，基地的勘探队队长送了几只大蝌蚪给我们。

他们抬来一口大鱼缸，鱼缸里有几只 1 米长的大蝌蚪伏在缸底不动，形态犹如特大的鲵。接着他们搬来一箱水草。

勘探队员们告诉我们这是头一阶段的饲料。说大蝌蚪食量很大，长得飞快。

"那么这些蝌蚪应该养在哪儿，"我问道。

"最好有个水池。"勘探队长说。

"大蝌蚪长得有多快？"我探问。

"相当快。具体的我们也不太清楚，没有捉来养过。"勘探队队长回答。他神秘地一笑，改了话题。

　　我向队长打听："你们去过三船长星球吗？"

　　"没去过，"他说，"但是，维尔浩夫采夫有时候飞到我们这儿来，一个月以前他就来过。他是个大怪人。"

　　"怪在哪里？"

　　"他急着想得到'蓝海鸥号'飞船的构造图，不知道是什么原因。"

　　"对不起，这件事怪在哪里呢？"

　　"'蓝海鸥号'是第二船长的飞船，而第二船长在四年前就失踪了，杳无音信。"

　　"维尔浩夫采夫为什么对这艘飞船感兴趣？"

　　"问题就在这里——为什么？这一点，我们也问过他，原来，他正在写一本关于三船长功绩的长篇纪实小说，因此，不熟悉这艘飞船的构造，他就写不下去。"

　　"那么，这艘飞船有什么特别的？"

　　"我看，您毫无所知，"他说，"三位船长的飞船是特制的，然后经过多面手的船长们亲手改装过。三艘飞船，十分精妙！能适应各种各样的意外情况。其中，第一船长的飞船叫'珠穆朗玛号'，现在陈列在巴黎宇宙博物馆里。"

　　"维尔浩夫采夫为什么不去问问巴黎宇宙博物馆？"

　　"那是因为三艘飞船各不相同！"勘探队队长兴奋地说，"三位船长全是极富个性的人，任何东西他们都决不做相同的两件。"

　　"好吧，"我说，"我们飞到维尔浩夫采夫那儿去，请把他的基地坐标告诉我们。"

　　"乐意效劳，"勘探队队长一口答应，"请转达我们的衷心问候。另外，请别忘了把大蝌蚪转移到水池去。"

告别了好客的勘探队员，我们便往三船长星球的方向飞去。

临睡前，我决定去观察那些大蝌蚪。原来，它们只是外形和鲵有点相似。它们身上覆盖着鳞片，坚硬、闪亮；有一对忧郁的大眼睛，睫毛长长的；尾巴向两边叉开，顶端仿佛密密的硬刷子。

我打算第二天早上再把大蝌蚪转移到水池里去，我想一夜之间，它们不会发生意外的。于是把两捆水草抛给大蝌蚪，随即关掉了船舱里的灯。

早晨，我被阿丽萨叫醒。看看表，宇宙飞船时间才清晨 7 点。她一直缠着要去看大蝌蚪，不知怎么的，她的声音使我不安。我从吊床上跳下，没穿好衣服，就朝放着大鱼缸的船舱跑。眼前的情景令人震惊，大蝌蚪们一夜之间长大了两倍多，大鱼缸里已经容纳不下了。它们的尾巴甩出在缸外，垂在那儿，几乎碰到地板。真是不可思议！

"不好！"我喊起来，"得赶紧准备水池。"

我跑去叫醒泽廖内帮帮忙。泽廖内穿上长罩衫，嘀嘀咕咕，不紧不慢地走进那舱室。一看到大蝌蚪，他抓住自己的大胡子，叫苦不迭："明天它们就要占领整个飞船啦！"

幸亏水池预先就蓄满了水，我们赶忙把大蝌蚪移了过去。原来，它们分量挺轻的，只是挣扎得厉害，老从手里滑出去。等我们把最后一条大蝌蚪放进水池后，都已经气喘吁吁、汗水淋淋了。

"飞马号"上的水池不算太大——4 米长，3 米宽，2 米深，不过大蝌蚪们在水池里倒显得自由自在。它们开始团团打转、寻找食物，准是肚子饿了。看样子，这群动物是打算在生长速度方面创造银河系纪录。

我给大蝌蚪们喂食的时候，包洛思柯夫穿戴整齐地出现在舱室。

他朝水池里瞧瞧，不由惊呼起来："鳄鱼！真正的鳄鱼！它们会吃人的吧？"

"别害怕，"我说，"它们只是草食动物。"

大蝌蚪们在水面上游动，把贪食的嘴巴伸到水池外面。

将近吃午饭的时候，蝌蚪长到两米半，而且吃光了第一箱水草。

傍晚，大蝌蚪的长度达到 3 米半。它们在水池里游动已很不方便，所以靠在池底微微摆动，只是为了攫取一束水草才浮上来一下。

我去睡觉的时候，带着一种沉甸甸的预感：我无法把大蝌蚪运回莫斯科动物园。获得的第一种动物成了个谜团。

第二天，我一早就起来去打开舱室的门，在门口四下张望，看看大蝌蚪会不会从哪个角落蹿出来。

但是，舱室里悄然无声，池水静止不动。我走近些看，大蝌蚪的身躯长达 4 米，不会更长，它们都沉在池底，黑糊糊的。我心头一松，拿起拖把去碰碰大蝌蚪，不料它们一动不动，怎么回事儿？

拖把抵住了一只大蝌蚪，它缓缓地朝一旁飘去，直到那边远远的池壁，紧贴着它的同伴，这些同伴也纹丝不动。

"死了，"我恍然大悟，"想必是饿死的。"

"爸爸，怎么回事呀？"阿丽萨问。我回头一看，阿丽萨正光着脚，站在塑料地板上。我顾不上回答她的话，赶紧说："快，脚上穿点什么，要不然会着凉感冒的。"

这时，包洛思柯夫和泽瘳内来了，"出什么事了？"他俩异口同声地问。

阿丽萨跑去穿鞋了。我没有工夫回答两个同事，而试着推推那只一动不动的大蝌蚪。大蝌蚪仿佛体内是空的，双目紧闭，在水池里轻轻地浮动着。

"死了，"泽廖内颓然地说，"我们昨天搬动它们使了多大的劲儿！我早就提醒过的。"

我用拖把把一只大蝌蚪翻过身来。大蝌蚪斑斑点点的肚皮上有个长长的豁口。漂浮在水池里的，仅仅是这些巨大怪兽的皮，保持着它们原有的形态。

"哎哟！"泽廖内四下张望说，"它们的肚子被掏空了。"

"谁掏的？"包洛思柯夫问。

"我怎么知道！"

包洛思柯夫郑重其事地对我说："教授，根据一切迹象来推断，我怀疑咱们的飞船上有几头不知名的大怪兽，曾经潜藏在大蝌蚪的躯体里。现在它们在哪里呢？"

我用拖把把另外两只大蝌蚪翻过身来，它们的体内也是空空的。

"我不知道它们躲在哪儿。"我老实承认。

"可你到这儿来的时候，门是关着还是开着？"

我脑子里乱糟糟的，只能回答："记不清了，可能是关着的。"

"立即行动！搜查全船！"包洛思柯夫说，快步朝门口走去，"不过，咱们要带上武器。"

泽廖内也走开了。过了几分钟，包洛思柯夫跑回来，替我带来一支麻醉枪。

"小心，"他说，"得把阿丽萨锁在卧舱里。"

"用不着的呀！"阿丽萨说，"我有自己的看法。"

"我不想听你的，"我说，"咱们进卧舱去。"

阿丽萨反抗着，像是倔犟的小猫。但我们最终把她锁进了卧舱，然后开始各处搜索。我们三个人花了三个小时，才把整艘"飞马号"

搜查了一遍，可哪儿也没有发现怪兽。

"这样吧，"我提议，"早饭后，咱们再把飞船搜索一遍。它们无非是躲在什么地方。"

"我也要吃早饭，"阿丽萨从内部通话器里听到了我们的交谈，就喊起来，"你们别禁闭我呀。"

我们放出阿丽萨，护送她走进休息舱。在吃早饭前，我们把门关好，把随身带着的麻醉枪放在餐桌上。

"怪兽能藏到哪儿去？会不会在反应堆里？或者逃出了飞船？"包洛思柯夫边喝着碎麦片粥边捉摸着。

"不祥的怪兽，"泽廖内说，"我讨厌怪兽。从一开始，我就不喜欢大蝌蚪。"

"这个谜呀，恐怕咱们永远也猜不破。"包洛思柯夫说。

"不，猜得破。"阿丽萨插嘴。

"用不着你插话。"我说。

"我不能不说。你们愿意的话，我可以抓到它们。"

包洛思柯夫笑了，而且是很长时间地开怀大笑。他说："三个男子汉花了三个小时，也没找到它们，你却想独个儿找到？"

"独个儿找才方便呀，"阿丽萨回答，"我准能找到，打赌吗？"

"行，咱俩打个赌，"包洛思柯夫忍俊不禁，"你要赌什么？"

"赌一个愿望。"阿丽萨说。

"好，赌一个愿望。"

"不过我得独个儿找它们。"

"这可不行，"我说，"你独个儿哪儿也不准去。飞船里可能有不知名的怪兽在活动，你怎么忘了？"我很气恼。

"那么一块儿去吧。"阿丽萨从桌边站起来说。她把握十足地走进舱室，我们跟在她后面，自己都觉得有点儿傻乎乎的，嘿，我们干吗听她的？只见她迅速地环顾一下舱室，便要包洛思柯夫把木箱从墙边移开，包洛思柯夫含笑照办。然后，阿丽萨回到水池跟前，团团绕了一圈。

"瞧，"阿丽萨说，"抓住它们，不过小心些，它们会跳的。"

在水草上面，我们果然看到蹲着三只小青蛙。确切些说，不完全是小青蛙，而是三只小动物，每一只跟顶针差不多大小。

我们抓住了这些小动物，放在罐子里。到这时，我为自己的固执感到后悔，问阿丽萨："女儿，说说看，你是怎么把谜猜破的？"

"爸爸，你可不是头一回这样问了，"阿丽萨回答，并不掩饰那股得意劲儿，"归根结底，只因为你们是大人，是聪明人。你们思考事儿，是符合逻辑的。我呢，不太聪明，思考事儿，脑子里一闪就是一个念头。我这么想来着：既然这种动物叫大蝌蚪，那么今后应该变成青蛙。你们带着枪，在飞船里跑来跑去，找巨大的怪兽，事先还对它们产生恐惧。我呢，在卧舱里坐禁闭，心里琢磨，恐怕不该眼睛向上，尽找什么大怪兽。也许可以查看一些角角落落，寻找挺小挺小的小青蛙。嘿！找到啦。"

"可是，小青蛙为什么要藏在这么大的外壳里面呢？"包洛思柯夫迷惑不解。

"这我没想过，"阿丽萨承认，"如果这么一想我倒找不着小青蛙了。"

"教授，你能说些什么？"包洛思柯夫问我。

"我说什么？必须仔细地研究大蝌蚪的外壳。十之八九，这类似于某种工厂，能把水草加工成复合精饲料，好让小青蛙吸收，也可能，巨大的蝌蚪容易把仇敌吓退。"

"包洛思柯夫叔叔，别忘了咱俩赌过一个愿望。"阿丽萨一本正经地提醒。

"我从来不忘记任何事情。"船长笑着明确地表示。

▌情境赏析▐

通过勘探队员送给"我们"的大蝌蚪神秘消失，而使整个考察队笼罩在莫名的恐慌中，而最终依旧依靠阿丽萨细致的思维，开阔的思路解开了谜团。描述了大人们思考问题是"聪明人，符合逻辑的"，其实说明了思考问题一旦陷入定式，就容易导致思维僵化，而找不到恰当的解决问题的办法。而小阿丽萨恰恰没有这种定式，她的思维更加开阔，所以更容易简洁地想出答案。这可能就是大家都喜爱她的原因吧！

第五章

"飞马号"的乘员们见到了维尔浩夫采夫和三船长雕像。

中途，我们给维尔浩夫采夫博士发电报说我们飞抵会面的事，维尔浩夫采夫马上就回电，表示很高兴和我们相见，还说要驾着自己的宇宙飞艇来迎接我们。

在约定的时间，我们在包围着三船长星球的小行星带边缘停止向前。密密麻麻的石块，如同云朵，遮蔽得我们看不清星球的表面。不知怎么的，我们都很激动，好像预感到和维尔浩夫采夫博士的相遇，将会引发出一些重大而有趣的活动，甚至可能是些冒险活动。

博士的宇宙飞艇在小行星之间一闪，宛如一支银箭疾驰。转眼间，飞艇已经在我们面前。维尔浩夫采夫博士呼叫我们和他一起走，"飞马号"改变航向，立即随着博士的飞艇向下滑行。

飞船底下，延伸着一片沙漠，这里呈现出一些深谷，那里凸现着一些火山口，状如一个个麻点。

我们明显地降低了高度，已经能分辨出山岩和干涸的河床。然后，前面出现一片郁郁葱葱的绿洲，绿洲上露出了基地屋舍的圆顶。我们随博士的飞艇一起降落。

"飞马号"停稳后，我看到在绿洲和我们飞船之间，有一座三人石头雕像。三位船长的石像，屹立在高高的台基上。即使从远处也看得清，其中两个是地球人模样，第三个则是菲克斯星球人，三条腿，身材颀长。

我们从舷窗往外望，博士从银色的宇宙飞艇里走出，身穿普通的灰色西服，头戴皱巴巴的灰色礼帽。他举起手来，向我们招呼："欢迎光临基地，各位稀客来到此处，真是蓬荜增辉。"

他出言吐语带点老派，就像他的西服式样。看上去他60岁光景，身材不高，瘦瘦的，像个慈眉善目的老婆婆。这个博士一直眯缝着眼，或者笑呵呵的。他邀请我们过去。

我们下了飞船随着博士来到一棵青枝绿叶的大树底下。

"这儿怎么会有充足的氧气？"我问，"行星上几乎整个儿是沙漠。"

博士说："雕像建立以后这里人工制造空气。几年后，这里将要建成一幢大型博物馆，来纪念宇宙英雄们。一些服役期满的飞船，还有遥远星球上的各种稀罕物品，都将运送到这里来。"

博士在一块石碑前站住，石碑上用宇宙文字刻写着：此处将建成宇宙中心博物馆。

"你们看，"维尔浩夫采夫说，"博物馆将由80个不同的星球共同修建。开始先要在星球中心带建成高效反应堆，从岩石中分解出氧气。"

说着，我们走到了三船长雕像的台基跟前。雕像十分高大，相当于20层楼房。我们仰起头，细看三位船长的风采。第一船长的雕像，是年轻人的面貌，身材匀称，肩膀阔大，鼻子微翘，颧骨宽宽，满面笑容。他的肩头还雕刻着一只奇怪的鸟，有两张嘴，石头羽毛形成的冠子很漂亮。

第二船长个子比第一船长高，胸膛非常宽厚，两腿修长，神情显得机智而严峻。

第三船长，这个三条腿的菲克斯星球人，穿着绷紧的密封宇宙服，头盔甩在背后，一个巴掌支在石头灌木的枝条上。

我们来到了基地，原来，所谓的基地只是极为宽大的屋子。里面堆满了板箱、集装箱和仪器。

"博物馆的展品已经在开始寄来，"博士抱歉说，"请跟我到我的蜗居去吧。"

维尔浩夫采夫的住所堆满了一些集装箱。在这些集装箱之间，有一块不大的空间，勉强张挂着吊床，可床上也堆满了文稿和胶卷，这便是博士的卧房和工作室。

"请像在自己家里一样，随便坐吧。"博士说。

我们大家都看到了，这里根本没有地方好坐。维尔浩夫采夫手忙脚乱，碰倒了一堆稿纸，纸片落了一地，阿丽萨赶紧去捡取归拢。

"您在写小说？"包洛思柯夫问。

"写小说？哦，三位船长的经历比任何小说都要精彩，值得写下来，但是我缺乏文学才能。"

我觉得维尔浩夫采夫太谦虚了，他分明曾飞到勘探队员们那里去，寻觅"蓝海鸥号"的构造图。

"请问，"博士说，"我能做些什么来为你们效劳呢？"

"听说，您对三位船长的所有情况了如指掌。"我开始转入正题。

"哪里哪里，"维尔浩夫采夫窘得脸上一红，"这显然过誉了！"

"三位船长曾到过许多不知名的星球，"我说，"据说他们看见过许多珍禽异兽，还留下了一些笔记、日记。而我们呢，恰恰是到外星球寻找珍稀动物的。在这方面，您能帮助我们吗？"

"哈，原来如此……"维尔浩夫采夫若有所思。

"爸爸，我提示一下博士，好吗？"阿丽萨问。

"好，小女孩。"博士向她转过身去。

"一个船长雕像的肩上，蹲着一只有两张嘴的鸟儿，头上有冠子，您多半知道这种鸟儿的情况吧？"

"不知道，"维尔浩夫采夫说，"我几乎一无所知。"

"嗯，"博士沉思了一会儿，继续说，"雕塑家得到三位船长的一些近照，他们选出比较喜欢的。"

"这只鸟儿，也许是他们想象出来的吧？"我问。

"不，不！"维尔浩夫采夫大声说，"我曾目睹过这些照片。"

"不过您总知道，带着鸟儿的照片是在哪儿拍的吧？"

"第一船长和这鸟儿一向形影不离，直到他要飞往金星的时候，才把鸟儿送给了第二船长。第二船长呢，正如您所知道的，去向不明，鸟儿也去向不明了。"

"看来，连这种鸟儿经常在哪里出没也不得而知了？"

"正是正是。"维尔浩夫采夫立即回答。

"真遗憾，"我叹口气，"看来不顺利，您帮不上我们什么忙，我们却是抱着很大的希望……"

"怎么会帮不上呢？"维尔浩夫采夫一脸委屈，"我本人就到过许多星球，比如在埃弗利季卡星球上，出没着一种小飞龙。据说，还有大飞龙呢。"

"我知道，"我说，"三位船长中的一位，还打伤过一条大飞龙。"

"您怎么知道的？"维尔浩夫采夫问。

"我的考古学家朋友格罗莫泽卡告诉我的。"

"奇怪，"维尔浩夫采夫低着头说，跟刚刚遇到似的打量着我，"那容我再想想。"

他思索了一会儿，向我们透露火星上有螳螂。这简直滑稽可笑，在地球上，火星螳螂不仅各动物园里有，一些人家里也养着呢。比方说，阿丽萨就有一只。

于是，维尔浩夫采夫给我们讲了大蝌蚪，讲了菲克斯星球的蹶子蝇，讲了特鲁利星球上的地狱鸟，还讲了收入《我们银河系的动物》一书的其他知名动物。

"不，这些动物我们不需要。"

"抱歉，"博士彬彬有礼地说，"但我毕生关注的是智慧生物，比如外星人，至于动物，我不太感兴趣。容我再想想如何？"

维尔浩夫采夫再次思索着。"嗯，我到过离此不远的空幻星球。"他说道。

"可既然叫空幻星球，那儿会有什么动物呢？"阿丽萨困惑不解。

"这个谁也不知道。我们当初抵达那个星球，是在星期一，整个天空群鸟飞舞，但到了星期二，一只鸟儿也没有了，却只见狼群在奔跑，还有鹿呢。到了星期三，飞禽和走兽都没有了，星球空空如也。"

"或许只是兽类迁移到什么地方去了？"

"不，"维尔浩夫采夫说，"并非如此，我们开着侦察飞艇飞遍了整个星球，发现既无走兽，也没飞禽。我可以把空幻星球的坐标告诉你们。"

"谢谢，"我说，"不过，假如您再也想不出什么了，那么请让我们看看船长的日记吧，他们多半见到过各种动物。"

"谁对你们提到过日记？"博士问，接着又低下头去。

"我们的朋友考古学家格罗莫泽卡。"我说。

"你们要日记有什么用？我想起了翼牛，有人告诉我赛西涅尔星球上有一种翼牛，多得不计其数。"

"承蒙转告，也谢谢您。"我说。其实我非常希望看看三位船长的日记，可不知为什么，博士不愿意出示。我们好像在哪一点上引起了他的疑虑。

"不必客气。"博士说。

"那么日记呢？"阿丽萨问。

"哦，小女孩，你也要看日记吗？真不巧，日记在菲克斯星球的档案馆里。"于是，维尔浩夫采夫突然活跃起来，似乎是因为编出了能自圆其说的谎言。

"嘿，随您怎么讲吧。"阿丽萨说。

博士脸色尴尬，把揉皱的帽子紧扣到眼睛上，轻轻地说："你们不妨再到巴拉布特尔城的星际市场上去看看。"

"我们是要去的，"我说，"这个市场我们知道。"

他站起身来送我们，步履匆匆，仿佛怕我们改变主意，不肯飞离。我们往回走，到了雕像跟前站住。

"第二船长遇到了什么意外呢？"我问。

"正如你们所知道的，他死了。"维尔浩夫采夫回答。

"我们是听说他下落不明，杳无音信。"

"那么第一船长能找到吗？"我紧着问，"他活着吧？"

"是的，正在宇宙的某处工作。"

"在制定金星方案吧？那儿有数千人在工作呢。"

"你们自有办法找到他，再也别想从我嘴里问出什么来。"

"何必这样？"于是我说，"谢谢您的接待，希望能再次见面。"

"我也这样希望。"维尔浩夫采夫说。

"什么时候您写成了小说，能不能寄一本给我们？"

"我没在写小说！我不会写！这是凭空捏造！"

"我说的是那部长篇小说，您为了它，一个月以前飞往小大角星，打听'蓝海鸥号'的构造图。"

"什么？"维尔浩夫采夫博士挥挥双手，"什么'蓝海鸥号'？我已经半年没去他们那儿了！"

“哦，好的，好的，”我看到博士完全不知所措了，就说，“我们不想惹您生气。”

“是的，是的，”维尔浩夫采夫说，“飞过的时候，欢迎再次光临，我随时都高兴见到你们，尤其是这个惹人喜爱的小女孩。”

“哦，请你别忘了，赛西涅尔星球上有一种翼牛，空幻星球则是个谜团。”博士继续说道。

“博士，谢谢您，”我回答，“我们不会忘记。”

▌情境赏析▌

本章写了考察队和维尔浩夫采夫博士的相遇，通过博士一系列违反常理的异常举动和话语，为下文博士的所有怪异行为埋下伏笔。同时通过博士的口，也了解了很多奇怪的星球和珍奇的动植物。在对三船长雕像的描述中，看似随意，其实是作者有意点出此后的探险中所将要经历的一系列奇遇，比如雕像上的小灌木，比如第一船长肩头那只奇怪的鸟。这些都为下文的故事情节的逐步展开做好了铺垫，打好了伏笔。

▌名家点评▌

布雷乔夫丰富的想象力使作品充满着睿智和美感，可读性较强，能使读者在轻轻松松的气氛中享受阅读的快意和乐趣。

——李重民

"飞马号"的乘员们在毕宿五行星找到了会唱歌的小灌木，可小灌木很不安分，阿丽萨想出了好办法让小灌木变乖了。

博士挥动着礼帽，在夕阳的金晖照耀下向我们告别。忽然，我们听到远处的呼喊声："喂……"我回头望去，博士正朝我们跑来，他边跑边喊："忘——记——啦！完全忘了！"

博士气喘吁吁跑到我们跟前，和我们提起小灌木。他指指雕像，我们看见雕塑家在三船长的脚边装饰着灌木，精雕细琢，把石头镂刻成灌木的枝枝叶叶，婀娜多姿。

反映了博士的热心和善良。

"我只当是为了漂亮点儿。"阿丽萨说。

"不，这是小灌木！我给你们说说小灌木吧，只要两分钟。当年，第三船长到达毕宿五行星的第八颗卫星上，他在那儿的沙漠里迷失了方向，那里什么都没有。但是船长心里清楚，如果他到不了基地，飞船就要毁灭。这是因为全体乘员感染了宇宙寒热病，只有在巴拉库达山的一个基地上有疫苗。当时，船长疲劳不堪，在沙漠中迷路了，他听见远处传来歌声，于是鼓足最后的力气，循声走去。三个小时以后，他走到了小灌木丛跟前。在那儿，一些不大的水池旁边，都生长着小灌木。在沙暴袭来之前，小灌木的枝叶互相碰击，发出悦耳的声音，宛如小灌木在歌唱。就这样，巴拉库达山的小灌木以歌声引导船长走向水边，可怕的沙暴过去后，他把18位宇航员从死亡线上救了回来。为了纪念这件事情，雕塑家才在三船长雕像上装饰着小灌木。因此我想，你们大可去看看毕宿五行星的第八颗卫星，并且到巴拉库达山去找到小灌木。此外，第三船长说过，每到晚上，小灌木还会开出大朵大朵娇艳的鲜花，发出亮光。"

"谢谢，博士，"我说，"我们一定设法找到这种小灌木，带一些回地球。"

于是我们和维尔浩夫采夫博士告别了。毕宿五行星区域并不远，我们决定去找到小灌木。我们的飞船在整个沙漠上空飞绕了18次，直到第19次，我们才发现深谷中有一片绿色，侦察飞艇低空盘旋，下面是一个个沙丘。于是，围绕着泉水生长的灌木丛，映入了我们的眼帘。

灌木不高，够到我的腰际。叶子长长，反面呈银白色；短根粗厚，很容易脱出沙土。我们精心地挑了五棵有花蕾的小灌木，放入装有沙土的箱子里，搬上"飞马号"。

当天，"飞马号"就从黄沙漫漫的星球上起航，飞向远处。航速加快后，我立刻去收拾一个小间，盼着小灌木快些绽放会发光的鲜花。阿丽萨在准备纸和颜料，要对着鲜花写生。

原来雕像上的小灌木不只是为了"漂亮点儿"，它还有这么动人的故事。

两个数字说明小灌木并不容易被发现。

正在这当儿，我们听见了轻轻的、悦耳的歌声。

"咱们的小灌木唱歌了！"阿丽萨叫喊，"沙暴要袭来了吗？"

泽廖内和阿丽萨跑去底舱看小灌木，我继续收拾小间，突然听见阿丽萨和泽廖内从底舱传来的呼喊声，我冲出休息舱，赶紧朝底舱奔去。

就在门口，我撞上了抱着阿丽萨的泽廖内，他神色惊慌，胡子像被风吹着似的飘动，门里面出现了小灌木。那情景的确怪吓人的：几棵小灌木爬出装满沙土的箱子，费劲地挪动奇异的短根，朝我们走来。它们迈的是半圆的步子，挥舞着枝条。花蕾也绽开了，因此在枝叶间，玫瑰色的花朵闪闪烁烁，犹如咄咄逼人的眼睛在闪亮。

"快拿武器！"泽廖内大喊，把阿丽萨交给了我。

"把门关上！"我说。

但是晚了，趁我们在推让的时候，第一棵小灌木已经走出了门口，我们便不得不退到走廊里。

小灌木一棵又一棵跟随着头儿走来。

泽廖内奔到驾驶台上去拿武器，我抓起在墙边的拖把，竭尽全力遮护阿丽萨。面对小灌木的进攻，她呆住了，活像兔子碰到蟒蛇。

"你快跑啊！"我冲着阿丽萨喊，"我抵挡它们，支持不了多久的！"

小灌木们用坚韧有力的枝条抓住拖把，要把它从我的手中夺过去，我只好往后退。

"爸，挡住它们！"阿丽萨叫了一声就跑开。

难道小灌木真的会唱歌？

说明了这个悲观主义者惊慌的程度。

大人们面对异常状况，总是首先想到攻击和防范，为小阿丽萨解开谜团埋下伏笔。

用比喻说明她当时的表情。

"好。"我松了口气，阿丽萨总算安全了。我自己依然处境危险，小灌木竭力把我逼近墙角，我已经无法挥舞拖把了。

这时，我听见扬声器里传出包洛思柯夫的声音："泽廖内要喷火枪干什么？出了什么事？"

"小灌木在向我们进攻，"我回答，"不过，别把喷火枪交给泽廖内，我正设法把它们关进一个单间，我只要闪进另一扇门，就马上告诉你，你赶紧把更衣室的门锁上。"

"你没有危险吧？"包洛思柯夫担心地问。

"没有，我暂时还顶得住。"我忙答道。

可就在这时，最靠近我的那棵灌木猛地一扯拖把，硬是把它从我手里夺走，扔向走廊的一角。灌木们仿佛由于我变得赤手空拳而斗志倍增，以密集的队形向我围拢。

阿丽萨为什么不害怕？她难道不知道危险吗？

也正是在这时候，我听到背后响起急促的脚步声。是阿丽萨在我旁边擦身而过，朝着小灌木冲去。她手里拿着什么东西，大大的，闪着亮光。我随后朝着她冲去，可打了个趔趄，摔倒了。我眼前闪过的最后一幕，是那些生龙活虎的灌木挥动着的枝条，张牙舞爪的，围住了阿丽萨。

"包洛思柯夫！"我喊叫一声，"救命！"

但就在这一瞬间，灌木的歌声戛然而止，代之而响起的是一片溅水声和喘息声。

可爱的阿丽萨！可爱的小灌木们！

我站起来，看到一种和谐宁静的景象：阿丽萨站在那些小灌木的正中间，用喷壶里的水浇它们。小灌木们摇摆着枝条，尽量承接住每一滴水珠，同时酣畅淋漓地喘息着……

我们把灌木攥回了底舱，然后问阿丽萨："你是怎样猜破谜团的呢？"

"爸，小灌木只不过是种植物而已，它们需要水，就跟胡萝卜一样。我们把它们挖出来，栽到木箱里，却忘了浇水。刚才泽廖内伯伯抱住我，拼命要救我，那会儿我已经在琢磨：它们在故乡，是生活在水边的呀。第三船长正是循着歌声找到了水。沙暴袭来，使空气干燥，把沙漠里的水池盖住，这时，它们就发出歌唱般的声响。其实，它们是因为缺水而激动不安。"

"你为什么不早说呢？"

"早点说你会相信吗？你像和老虎搏斗一样要跟它们打仗。你压根儿忘了，它们只是需要浇浇水的小灌木，最普通不过了。"

"唉，最普通不过了！"机械师泽廖内嘀咕着，"在走廊里乱跑，是为了找水！"

于是轮到我作为生物学家来作总结了。我说："沙漠缺水，泉水也会干涸，小灌木为了活下去，必须在沙漠中转来转去找水，它们正是这样为生存而斗争的。"

打那以后，小灌木安安静静地住在装沙土的木箱里。只有最小最好动的那一棵，常常爬出箱子，在走廊里守候着我们，摇晃枝条，发出歌声，向我们讨水。我嘱咐阿丽萨，别给这小家伙浇太多的水，否则它的根部会滴滴答答地掉出水来。可是阿丽萨娇惯它，直到旅行结束，一直用杯子让它喝个饱。然而有一回，阿丽萨用罐头水果的甜汁儿浇它。这下，小灌木经常把人拦住不

勤于动脑，善于思考，才能有把握抓住问题的本质，找到解决办法。

是啊！大人们的思维定式有时候是很不容易改变的。

让通过了。

它一点儿也不聪明，不过，它喜欢甜汁水，喜欢得发狂。

拟人化的手法，表现小灌木的生活习性。

▌情境赏析▌

　　在毕宿五行星的第八颗卫星上，"我们"费了很大劲儿才找到了维尔浩夫采夫博士介绍的雕像上的小灌木，通过小灌木身上发生的一系列有趣的故事，让大家明白了它们并不是随随便便刻在雕像上的、"只是为了漂亮点儿"，原来它们特殊的生活习性竟然帮过三船长很大的忙。而这些谜团的解开，又是小阿丽萨在其中起到了至关重要的作用，因为大人们固有的思维定式，在遇到异常情况时只想到危险和战斗，而不能像阿丽萨一样，充满爱心地去思考，从小灌木的角度出发去思考，更加凸显了小主人公的善良和可爱。

空幻星球的谜团让人困惑不解，善于观察的
阿丽萨给大家揭开了谜底。

我们决定去空幻星球瞧瞧，虽然那儿是 团谜，可世界上还有什么比猜破谜团更具吸引力呢？悲观主义者泽廖内对这个决定不赞成，他以燃料剩得不多为由试图说服我们，但是已经改变不了我们的航向了。

我们朝着空幻星球的方向飞行，但两天以后，我们发觉维尔浩夫采夫博士提供的坐标不十分准确，我们看不到这颗行星的任何迹象。这天晚饭之前，我们做了一个决定：再飞行一天，如果情况没有变化，就只能往回飞了。晚饭后，泽廖内去电讯室拍电报到地球上去，报告我们航行正常、一切顺利。我跟在泽廖内后面，走进电讯室。

泽廖内把电台和宇宙接通，趁泽廖内在准备发报的时候，我转动着接收机的旋钮。蓦地，我听到一个女人的声音："我位于 16－2 扇形带，我记录到一股不知名的陨石流，正向勃鲁克星系迅速移动。三昼夜后，陨石流将横穿勃鲁克星球和菲克斯星球之间的客运航线，请通知所有飞船。"

"我们恰巧正在这个扇形带，这艘飞船的位置既然在我们的扇形带内，咱们就打听一些空幻星球的情况吧。"我对泽廖内说。

泽廖内调整着电台的频率，当信号接通时，他说："我是'飞马号'飞船，我和您正位于同一个扇形带，我们要驶向空幻星球，但不知道航向是否正确。"

"我核查一下，"女人的声音回答，"请把你们的确切坐标告诉我。"

我们把坐标传了过去，过了一会儿，女人的声音响起："情况搞清楚了，有一团宇宙尘悬浮在你们和空幻星球之间，因此你们看不见恒星。大胆往前飞吧，明天你们就可以绕过那团宇宙尘了。"

"非常感谢，"我对不明飞船说，"我们在三船长星球上得知这个坐标，不过不是宇航员提供的，而是博物馆的保管者，我们担心他弄错了。"

"是维尔浩夫采夫博士吧？"女人问。

"对，您认识他？"

"我们很熟悉，他是个心地善良的极好的老头。真可惜，我和你们没早点儿碰到！我有一封信要转给他，可由于时间仓促，我无法顺道飞去看他。你们还要回到维尔浩夫采夫那儿去吗？"女人说道。

"不，"我说，"接着我们要飞往勃鲁克星球，到巴拉布特尔城里去。我们是生物学家，在寻找珍稀动物。"

"我也是，"女人接茬儿，"或许有一天咱们会见面，只是现在我没工夫，我必须抓紧时间，寻找活星云。"

"最后再提一个问题，"我说，"您自己到过空幻星球吗？"

"到过，"女人的声音传来，"那儿的水里有许多鱼，陆地上却没有动物的影子。祝你们好运。"

扬声器里传出沉闷的噪声。

"她开足马力了，"泽廖内说，"急着赶到哪儿去呢？活星云是什么？"

"活星云是不存在的。"我回答，"我开会的时候遇到过这个女人，还曾当面指出，她钻进牛角尖了。听听，她是如何评价维尔浩夫采夫博士的？说他是个极好的老头。"

"我觉得不能相信维尔浩夫采夫博士，"泽廖内嘟哝，"如果他那么好，为什么说假话？为什么他一会儿说在写小说，一会儿说不写？为什么要人家相信，他没飞到小大角星上去过？为什么不愿意给我们看看三位船长的日记？"

说完，泽廖内重新着手发电报。那个女人的判断是正确的，第二天，我们发现了一颗小小的恒星，只有一颗行星绕着它转。根据一切迹象可以肯定，这正是空幻星球。

在暮色中我们降落到一个大湖旁，此刻正下着细雨，眼前一片迷茫。大家久久地站在舷窗前往外看，可我们看不见任何走兽飞禽。或许，这儿真的空无一物？

阿丽萨和泽廖内要到湖边去提水，过了会儿，泽廖内回来了，他进了自己的卧舱。

"你在找什么？"我通过内部通话器问。

"钓鱼竿，"泽廖内回答，"这儿的湖里有很多鱼，我们用水桶一舀，就舀到三条大鱼。教授，难道你不想喝鲜鱼汤？"

"不想，"我说，"我劝你们也别喝，在情况不明的星球上煮鱼汤喝，是轻率的。"

"噢，好了好了，那我钓一些来给你养着吧。"泽廖内边说着边转身往湖岸跑去。我怕阿丽萨着凉感冒，拿起她的雨衣，带上一张渔网，也走向湖边。

泽廖内说他是个垂钓运动员，不肯用渔网捕鱼。天暗下来了，我和阿丽萨捕到了满满一桶鱼。我们把鱼带回飞船，泽廖内浑身湿漉漉的，也带着钓到的鱼走在我们后面。

"上飞船别忘了关门。"我叮嘱一下，把桶放在舱室门口。

"忘不了的。"泽廖内应一声，嗓音很兴奋。若不是天色变黑，这个钓鱼迷真会钓一整夜的。

第二天早晨一起来，我就朝舷窗外观察。窗玻璃外艳阳高照，大群的鸟儿绕着飞船盘旋飞舞。

"这个空幻星球太奇妙了，昨天抓到鱼，今天鸟儿成群飞舞。"我大声说，跑去叫醒同行者。

阿丽萨和包洛思柯夫被我叫醒了，泽廖内早已起床，正在挑选鱼钩和钓线。

"我要钓大鱼，"他对我说，"我估计这儿有大小和我差不多的狗鱼。"

"你要谨慎点，"我接茬儿，"当心别让那狗鱼把你逮了去。"

我来到飞船的舱门口，想看清楚这些飞鸟。于是我发现了一个令人不快的纰漏：由于泽廖内钓鱼兴奋过头，忘了把飞船的舱门关上，开了一整夜。幸亏没有任何野兽闯入，但是所有的鱼都不翼而飞了。很显然，鸟群曾飞进我们的舱门，把昨晚带回的鱼全叼走了。

"这严重地破坏了宇航纪律，"吃早饭的时候，了解情况的包洛思柯夫说，"不过，发生这样的事情，我和教授也难辞其咎，我们应该检查舱门的。"

"可也没出什么事儿啊，"阿丽萨插嘴，"我和泽廖内伯伯这就去捕鱼，要十桶也行。包洛思柯夫叔叔，湖里的鱼多得让你难以想象呢！"

"问题不在这里，"包洛思柯夫叹口气，"这种事情如果再发生，咱们就可以毫不犹豫地返航回家。如果咱们都这么粗心大意，在宇宙中干不出什么名堂来。"

"船长，对不起，"泽廖内自知惹下的祸，愧疚地说。但他还是念念不忘钓鱼，一阵风似的朝湖岸跑去了。我整理着捕鸟网，正为打鸟做准备工作，泽廖内已经坐在湖岸上。我用眼角余光留意着他，只见他一副垂头丧气的样子，使我感到很纳闷。

蓦地，天气变了，狂风袭来，草被刮倒了，空中的鸟儿也没影了，湖面被刮得涌起高高的波涛。泽廖内起身走向飞船。

"哎，怎么样？"我问他，"你钓鱼大获丰收了吧？"

"鱼不咬钩，什么也没有钓到。"泽廖内沮丧地回答。

"怎么会不咬钩？你不是说湖里鱼多得满满当当的嘛。"

"那是昨天，这会儿，看样子都潜到深水里去了。"

"我的鸟群也四下飞散了，"我说，"看来咱俩都不走运，等天气变好吧。你傍晚还到湖边去吗？说不定这儿的鱼只有在晚上才咬钩。"

"不知道，我对这个星球缺乏信心。"泽廖内阴沉着脸说，"管它叫空幻星球，总不是无缘无故的吧。一会儿有鱼，一会儿没了；一会儿有鸟，一会儿没了。"

"你们瞧，"阿丽萨说，她正站在旁边，听到了我们的这番交谈，"看，兔子！"

有两只小动物随后跳进了草丛，我们还没来得及仔细观察，它们已经没了踪影，只看到草在随风摆动。

"你瞧瞧，"我说，"星球上有的是动物，不是空的。"

"动物也会消失，"泽廖内说，"还记得维尔浩夫采夫说过什么吗？当然，我并不相信维尔浩夫采夫的话。"

我说："那咱们用生物寻踪器来探测一下你的鱼逃到哪儿去了，它只要一发现鱼，就会发出信号。"

"你想探测就探测吧，"泽廖内还是沮丧，"不过湖里是没有鱼的，这是经验之谈。"

我取来生物寻踪器，投入湖中，一切都正常进行。然而，湖是死寂的，没有发出任何信号。过了半个小时，我只好停止搜寻，寻踪器不可能出错——湖里连一条小鱼也不存在。

"如果不是昨天亲手从湖水中抓到过鱼，我无论如何不会相信这儿生存什么活物，"我承认，"维尔浩夫采夫讲得没错儿，这个星球异乎寻常。"

"我也讲过这样的话。"泽廖内卷起钓线，返回"飞马号"。

"地平线上出现大群羚羊。"扬声器传出包洛思柯夫洪亮的喊声。

不过，没有他的提醒，我也已经看见许多动物在草原上活跃着。田鼠在草丛里跑来跑去；一只黄鼠狼跟柱子似的，竖在不远处；还有一头挺像小熊的野兽，正沿着湖岸走动。

"没什么可怕的，"我说，"咱们准备越野车，去追捕动物。"

我们驾着越野车，刚驶出飞船，天就下雨了。这场雨突然袭来，密密的雨点敲击着车顶，比昨天的大得多。我和阿丽萨风雨无阻朝着草原深处驶去，因为那儿有成群的羚羊在活动。

可来到草原深处，我们没有发现羚羊，也没找到其他动物。我在平原上放飞寻踪器，寻踪器一直飞了一圈又回到原处。毫无疑问，这个行星上连一只动物也没有。

最后我们空手而归。我百思不得其解，问包洛思柯夫："这下你看怎么办？星球上确实空空如也。在揭开这个秘密之前，我不愿意离去。"

"咱们可不能永远留在这儿，"包洛思柯夫表示，"最早碰上这个谜团的，并不是我们。或许，空幻星球的秘密将永远无法揭开。"

"可惜泽廖内伯伯忘了关门，"阿丽萨说，"要不然，咱们至少还养着几条鱼。"

"算了，他已经非常难受了，"我打断阿丽萨，"这种现象真古怪：昨天咱们飞到，细雨蒙蒙，湖里全是游鱼；今天早晨，鸟儿成群飞；

接着起风了，刮走飞鸟，却出现了走兽……"

"爸，"阿丽萨突然说，"这个星球的秘密，我猜出来啦。"

"哦，你真行，"泽廖内愁眉不展地说，"谁也猜不出，可外号福尔摩斯的阿丽萨猜出来啦！"

"我确实不会符合科学地思考，你们在这儿等一小会儿，我马上回来。"阿丽萨说。

"你到外面去吗？在下雨呀。"

"别担心我不等淋湿就回来啦。如果你担心我出什么事儿，就朝舷窗外看看，我只走到湖边就回来的。"

我走到舷窗跟前，只见阿丽萨跑到湖边，用一只小桶舀了水就往回跑了。阿丽萨跑进休息舱，把小桶搁到桌子上。

她招呼我们看，我们走近一瞧，小桶里，一条不大的鱼在缓缓游动。

"啊！"泽廖内喊起来，"我完全忘了，这儿的鱼是傍晚才咬钩的。钓鱼竿在哪儿？"

"等一下，"阿丽萨说着把手伸进桶里，她从桶里抓出那条鱼，往桌子上一放。

"你干什么？"

"要是我想得没错儿……"阿丽萨刚开口，说时迟那时快，我们眼前出现了惊人的变化。那条鱼颤动了两下，一甩尾巴，鱼鳍渐渐变成翅膀，鳞片在变成羽毛。一会儿工夫，桌子上已经站着一只可爱的小鸟，在左顾右盼，理顺羽毛。

我们目睹一条鱼变成了一只鸟，惊讶得张口结舌。这时候，鸟儿扑棱一下翅膀，飞了起来。它在休息舱的顶棚上撞了一下。

"抓住它！"我喊，"它会撞伤的！"

"爸爸，别碰它，这还没完呢。"阿丽萨说。

小鸟在顶棚上连撞几次，重新跌落到桌子上。它刚跌下，便又起了变化。这回，羽毛在消失，翅膀在皱缩，才一会儿，我们面前就是一只小老鼠了。这小老鼠顺着桌子腿往下溜，蹿到角落里，不见了。

"现在全明白了吧？"阿丽萨问，她满脸得意。这样的秘密，连生物学家也搞不懂的秘密，可不是每天都能揭开一个的。

"但你是怎样得到答案的呢？"我问。

"你提醒我的呀。你回想出，昨天下雨，就有鱼在游；太阳一出，却有飞鸟了；风一刮，走兽出现。"

"完全正确，"我说，"这是一种奇特的适应能力，而在这个星球又是最切实有效的。生物在此地采取这种生存方式，是它们的最佳选择。它们不怕狂风，不怕暴雨，也不怕烈日。如果到寒冬，它们多半也有某种对策。"

"这可以试验一下，"阿丽萨说，"咱们把鱼放进冰箱吧。"

不过，暂时我们还没把鱼放到冰箱里去。而是给它做了一只笼子，里面有个小水池。然后，我们一看就是几个小时，欣赏那条鱼怎样出水变鸟，往上飞去，又落下变成鼠，跑向一角的饲料槽。

▌情境赏析▐

"我们"访问了神秘的空幻星球，途中受到一位陌生女人的帮助，而女人夸奖维尔浩夫采夫博士是"心地善良的好老头儿"，为下文的故事发展也设下了悬疑，是博士欺骗了所有人？还是这个女人在撒谎，欺骗"我们"？而空幻星球谜团的彻底解开，又是阿丽萨帮了大忙，而就像她自己说的——"我确实不会符合科学地思考"，但真的是这样吗？你认为阿丽萨解决空幻星球谜团中的思考方式真的不符合科学的思考方式吗？

> "飞马号"在勃鲁克星球被警卫队员追缠不放，警卫队长给他们讲述发生在他们星球上的一段惨痛经历。

在银河系第八扇形带，许多收藏家和观赏者经常在勃鲁克星球上云集。这儿的巴拉布特尔城，有个每周开放一次的星际市场。

巴拉布特尔是座不大的城市，城里有许多旅馆和仓库。

"飞马号"刚刚降落，一群警卫队员就迅速驱车赶来，警卫队队长询问我们从哪儿来，有什么动物出售，并要检查舱船，说这是因为收藏家们从整个银河系运来各种各样的动物，曾经给他们带来过许多的麻烦。

这个队长真像一架电风扇，他长着三只又大又圆的耳朵，一说话就摇头晃脑，扇出风来。因为这个缘故，在银河系里，巨耳人成了勃鲁克星球居民的称号。我们对他们执意检查飞船的举动很不解，于是警卫队长给我们讲述这样一段惨痛的经历：

"不久前，有一个商人带着一只小口袋和一个罐子来赶集，罐子里面有一种白色的软体虫。一个玩鸟的人买了一罐含热量高、鸟儿也爱吃的软体虫，接着有了第二个、第三个顾客。那商人解开口袋，接连不断地往外舀。要买软体虫的收藏家们排起了长队。排在第 223 个的是一位珍稀禽鸟鉴赏家，他来自巴拉卡斯星球，叫克拉巴卡斯。这位著名的鉴赏家估量小口袋只容得下三罐半的软体虫，不可能更多，因此他认定其中有诈。

"于是克拉巴卡斯把自己的疑虑和收藏家们说了，收藏家们也觉得蹊跷，大家便同心协力夺过商人的小口袋。这小口袋里总共只有两小把软体虫。不过，人们掏出一把软体虫，就立刻看到软体虫一分为二，长大起来。突然，集市远远的一角传来惊呼声。是一个鸟禽爱好者把软体虫当作饲料撒进鸟笼，便目睹软体虫迅速地分裂繁殖。"

"不，"一个警卫队员挥动着大耳朵说，"尊敬的头儿，我斗胆纠正……"

但是，警卫队长不要听不同意见。他揪住两名部下的耳朵，把他们拖出休息舱，砰的一声关上门，这才轻松地说："这下我可以从从容容地讲了。"

警卫队长用瘦削的脊背顶住门，继续说："原来，这些软体虫以不可思议的速度分裂繁殖，十分钟增加了两倍多，一个小时增加了600多倍。"

"那些软体虫是吃什么的？"阿丽萨感到惊奇。

"空气，"一个警卫队员在门外说，"当然是空气。"

"是氧气！"第二个警卫队员在他背后说。"氮气！"第三个喊起来。

警卫队长为自己的部下羞愧得用大耳朵遮住脸孔。过了五分钟，他才平静下来，结束这番叙述："总之，过了三个小时，整个巴拉布特尔市场上积起了一米厚的软体虫，收藏家和商贩们慌不择路，四下逃窜。"

"那个商人呢？"阿丽萨问。

"趁着混乱，他跑掉了。"

"软体虫堆积如山，爬向四面八方。到傍晚，市中心也被占据了。消防车全部出动，用水、用灭火剂的泡沫喷洒，却阻挡不住软体虫的进攻。人们用脚踩，用火烧，用滴滴涕浇，可全都白费力气。星球上的空气越来越少了，不得不分发氧气面具，勃鲁克星球发出的求救信号 SOS，在银河系的各个角落震响着。最后拯救本星球的，是禽鸟鉴赏家克拉巴卡斯。他让饕餮鸟去对付软体虫。饕餮鸟虽然小，但食量却大得惊人。软体虫终于被消灭了，不过与此同时，所有的蚂蚁、蜜蜂、胡蜂、蚊子、蝴蝶、蟑螂、熊蜂和蜣螂等都被饕餮鸟吃光了。"

"那商人为什么要出售这么危险的软体虫呢？"阿丽萨问。

"什么为了什么？他想赚钱。那只口袋是掏不完的嘛。"

"不对，"阿丽萨说，"这不可能。他没那么傻吧，收藏家们很快就会猜出是怎么回事儿的呀。"

"当然，他没那么傻！"另一个警卫队员在门外喊，"他是要毁灭我们的星球！"

"为什么呢？"

"我们也弄不明白。"警卫队长承认，"但是打那以后，凡是来自太阳系的飞船，我们统统要检查。"

"为什么只检查来自太阳系的呢？"

"这是机密。"第一个警卫队员说。

"算不上什么机密，因为那个商人是从太阳系来的，他是个地球人。"第二个队员插进来说。

"太奇怪了，"我说，"那他长什么模样？"

"没记下过什么。在我们眼里，地球人的面貌全都一模一样。"

"不管怎么着，总归有些显著的特征吧？"

"是有特征的。"警卫队长的一个部下说。

"闭嘴！"队长喝住他。

"我要讲，"部下说，"那个人头上戴的帽子有宽宽的边儿，上面横着一条深深的槽。"

"我听不懂，怎么会横着一条深深的槽呢？"我说。

"尊敬的头儿，您给他们看看照片吧，也许他们能协助我们。"部下说。

"不行，这是秘密照片。"

"可以的，既然我说了，就不再是秘密。"

"可你不是说出来，而是泄露了国家机密。"

"就算是吧。"

于是，队长只好从衣袋里取出一张照片。这照片有点模糊不清了，但依然能看出照片上正是维尔浩夫采夫博士，一只手拿着罐子，另一只手提着小口袋。

"不可能！"我吃了一惊。

"您认识他吗？"

"是的。他住在三船长星球。"

"啊呀呀，这么好的星球上住着这么坏的人！您什么时候见到他的？"

"三天前。"

"我们这儿他是上个月来的。现在让我们检查你们的飞船吧，万一你们船上有软体虫怎么办？"

"我们没有软体虫的。"

"飞船锁着，"第二个巨耳人悄悄地报告，"他们不愿意讲出来。"

"那就不准他们进城，"头儿说，"你们的电话在哪里？我们可以认定，飞船上的人全感染了银河瘟疫。那样的话，你们就只能自动离开。要不然，我们将进行的消毒工作，会使你们懊悔飞到这儿来的。"

"我们没有任何不良企图，这个人我们只不过见过一次面，而且还可能根本不是他。面貌酷似的人也是有的，何况，一位博士、一位博物馆馆长，为什么要出售软体虫呢？"我尽力让他们安心。

"我哪儿知道。"巨耳人头儿愁容满面地说，"我们碰上的倒霉事儿够多的，不再相信客人了。"

"还发生过什么事儿？"

"别问了，有人几乎消灭了所有的巧舌鸟。"

"巧舌鸟？"

"对，双嘴巧舌鸟。这种鸟是我们的宠物。"

┃ 情境赏析 ┃

在巴拉特布尔的星际市场，"我们"从警卫队的口中知道了维尔浩夫采夫博士做了一件很恶劣的坏事，他曾想利用软体虫的特性把这个星球的氧气全部消耗光，从而杀死这个星球上所有的生物，也包括马上将要引出的另一个故事悬疑——双嘴巧舌鸟。他的举动也让这个星球对地球人都产生敌意。他究竟是好人还是坏人，现在更加无法令人完全分辨清楚了。

第九章

在巴拉布特尔集市，阿丽萨结识了小矮人，还获得了蛇形女人的变色圆球兽。

一个晴朗的早晨，我带着阿丽萨到市场上去。我们来到了城市的主干道上，只见两旁旅馆林立。这些旅馆彼此极不相像，因为每一座都是专为某个行星或某个星系的居民修建的。它们有悬浮在半空的，有埋入地面的，有在屋顶上开门的，也有不开门窗的。最后我们来到接待地球人的旅馆，看到门框上写着："伏尔加母亲河"，我们感到特别亲切。

这时有个高个子正从旅馆往外走，他朝我们点点头，我们就跟他攀谈起来："您好！您从哪儿来？"

"我们来自地球，运送氧气再生器到勃鲁克星球。"他回答。

"或许你们听说了，这儿发生过麻烦事儿，他们差点儿丧失全部空气。"

我和宇宙航行员交谈的时候，阿丽萨站在旁边，望着旅馆。突然，她拉住我的手说："爸爸，瞧，谁在那儿？"

我一看，维尔浩夫采夫博士站在旅馆三楼的窗口，正向下看着我们，目光和我一接触，他就赶紧从窗口闪开了。

"不可能！"我惊叫一声，"他来不及飞到这儿来呀。"

"咱们去问问，他怎么来的。"阿丽萨说。

"也好。"我表示同意，便朝服务员巨耳人走去，向他探询维尔浩夫采夫的消息。

"您去八号房间吧。"服务员说，"请您转告那个不文明的人，如果他继续在床铺上煮小灌肠，继续损坏客房服务机器人，那我们就要请他离开这座享有盛誉的旅馆。"

我们朝三楼走去，来到八号房门口后我按了门铃，没有反应。于是我上前敲门，轻轻一碰，那门便顺势敞开。不大的房间，摆设和装饰都很漂亮。但是，看不到维尔浩夫采夫。

"博士！"我招呼，"您在这儿吗？"

没有人应声。阿丽萨走进房间，朝屏风后面张望。我在门口喊她出来，就在这时，我听见背后有急促的呼吸声。回头一瞧，门外站着一个身穿黑色皮装的大胖子，此人长着两片厚嘴唇，下巴有几层，堆在衣领上。

"你们找谁？"他用一种尖细而稚嫩的童音问。

"我们找个熟人。"我回答。

"对不起，我住在隔壁房间，"胖子说，"五分钟前，我听见住在这里的人出去了，所以我过来告诉你们一下。"

"那您知道他去哪儿了吗？"

胖子挠挠下巴，想了想说："我猜，是到市场上去吧，要不还能上哪儿呢？"

我们出了旅馆，朝市场走去。一路上，我们见到很多各种各样来自不同星球的人。越接近市场，人群就越拥挤。市场长达好几公里，分成几个区段。开始，我们走过贝壳搜集者的区段；接着，在藏书家的区段里穿行；然后是矿物和钻石收藏家的区段。

当我们进入集邮家区段的时候，阿丽萨买了一套画着西利安鸟的立体活动邮票和一枚1896年的黑山族邮票，还买了一本菲克斯集邮册。后来阿丽萨又用黑山族邮票换来两枚赛西涅尔邮票。

"爸，这是专门为你换的，你不是要了解翼牛吗?"她说。

"可翼牛在哪儿?"

"明天就能看得到翼牛。"刚刚在旅馆里见过一面的胖子说，他追上了我们。

"为什么是明天?"

胖子说："这些邮票上的图像，是逢双日才显现。"

"第二枚邮票上将会显露出什么图像呢?"

"第二枚上什么也不会显现，它已经显现不出了。"

"那它还有什么价值?"我迷惑不解。

"这是很稀有的邮票。赛西涅尔星球的居民不喜欢写信，因此来自他们那个星球的邮票几乎都是尚未使用过的，废旧邮票十分罕见。您的女儿换取这样一枚罕见的邮票，做得很对。"

胖子说完这番话，挥挥手，连蹦带跳，急匆匆地走开了。

胖子走后我们便来到星际市场的动物区段。

我们所看到的动物千奇百怪，连我这个宇宙动物学家也很难辨别清楚。他们的主人有时也千奇百怪，使得我在边走边看的时候，开始闹笑话了。我走到一只暗蓝色的鸟跟前，这鸟悬着一根链子伸到主人那儿。它主人的身体由彩色圆球组成，不知道来自哪个星球。我问他，这只漂亮的鸟要卖什么价钱。不料，却是那只鸟操着一口流利的宇宙语回答我："我不自卖自身。但如果您需要，我可以把花斑球鸟卖给你们。不过请别侮辱我。"

看来我搞错了，没弄清真正的主人是哪个。站在周围的收藏家和商人们都哈哈大笑起来。这下，鸟形人感到委屈了，长嘴伸过来，在我的脑袋上嘟地啄一下。我赶紧走开，因为鸟形人怒不可遏，作势要再啄第二下。

我看到了水晶状的甲虫，正是我早就想为动物园搜求的，便细细观察。

"爸爸，"忽然阿丽萨在喊，"到这儿来。瞧，多有意思。"

我转身朝阿丽萨走去，她正站在一只空空的大鱼缸跟前，旁边坐着一个小矮人。阿丽萨告诉我那个小矮人在出售隐形鱼，可我什么也没有看见，于是照实说了。不料，小矮人听了愁容满面，还挥泪长叹。我说："那让我抓一条吧？"我想，小矮人一定会回答："飞鱼太滑了，您根本抓不着。"但他却被我激怒了，于是大喊起来："好！瞧着，抓住了您来放生！想怎么着就怎么着吧！损害我的尊严，侮辱我的人格吧！"

小矮人把遮在鱼缸上的大布头扯掉，使劲儿地抓住我的手，硬朝鱼缸里摁进去。

"怎么样？"他喊，"抓到了吗？您什么也抓不到！"

我的手仍旧感觉到一无所有，缸里不存在任何鱼。"里面的确什么也没有。"我说。

"哼，大家看见了吧？"小矮人两眼泪汪汪，转身对围观的人们说，"他已经明白了，鱼滑得根本抓不住，可又不肯承认。"

我的手在空鱼缸里乱摸瞎掏一阵，缩了回来，小矮人立刻又大叫大嚷："他把我的鱼统统放掉了！统统被他吓得飞掉了！我明明警告过，绝不能在鱼缸里乱摸瞎掏吗？这下我成了穷光蛋！我破产啦！"

围观者表示不满，操着二十几种语言埋怨我，连阿丽萨也谴责我。

"鱼缸里确实没有鱼，你们难道不知道?"我问围观者。

"我们怎么知道呢?"一个伊凯思星球的居民反问我，"如果他讲的是实情呢? 如果真是隐形鱼，所以不能乱抓的呢? 我们怎么能认定他瞎说呢?"

"对，"有个巨耳人支持他，"他干吗要从别的星球带一只空鱼缸来?"

"他是为了每天重复地出售其实不存在的东西。"我说。

不料，谁也不听我的。我只好赔偿小矮人十条罕鱼的钱。显然，小矮人没料到我这么爽快地认输，所以向我道谢，还许愿说，他一旦抓到隐形鱼，一定给我送去。当我们要离开的时候，小矮人送了一顶隐身帽给阿丽萨，并嘱咐她说帽子是用精妙的隐形布做成的，没有一点重量，而且感觉不到它的存在。

阿丽萨谢过这个滑头，煞有其事地把礼物放进书包，我们便继续往前走。忽然，一种奇特的动物朝我们身边跑来，这东西正好够着我的膝盖。它具有奇异的色彩——通体鲜红，有一块白色的斑点，活像蛤蟆蕈 (xùn)。

"爸，抓住它!"阿丽萨对我说，"它是从什么人那儿逃走的。"

"我看不一定，"我边走边说，"也许这不是动物，而是一位收藏家，正在追寻逃跑的动物。我抓住他，他会把警察叫来，指责我不知道他是人，侮辱了他。"

可话音刚落，我们就看见追赶红色圆球兽的主人已经迅速爬了过来，这是个胖胖的双头蛇形女人，穿着流光溢彩的密封宇航服。

"请帮帮忙，"蛇形女人说，"我的变色圆球兽逃跑了!"

红色圆球兽拼命往我们背后躲，但蛇形女人两肋晃动着一百只细脚爪，此刻她伸出其中的一只脚爪，逮住了逃跑的小兽。这小兽立即由红变黄，并且把两条原本直溜溜的腿盘了起来。

"对不起，请问这是什么动物？"我向胖胖的蛇形女人讨教。"挺普通的，"蛇形女人说，"我们星球上有很多这种动物，我们管它叫变色圆球兽。它们不会出声，但是能变换颜色，表达情意。它们的色彩饶有趣味，您身边有一块糖吗？"

"没有。"我说。

"可惜，"蛇形女人接荏儿，随即不知从哪儿取出一块糖。变色圆球兽见到糖块，显露出淡紫色的花纹。

"它在表示高兴，"蛇形女人说，"挺美，是吗？"

"非常美丽。"我同意。

"我们特意为它想出一些新奇的刺激，从而发现罕见的色彩。如果你们希望看看，我揍它一下，它会变成黑色，好吗？"

"不，没有必要，"我说，"您把它卖给我们莫斯科动物园，怎么样？"

"不，"蛇形女人的一个脑袋回答，与此同时，另一个脑袋却悄悄地垂下，说："交换倒可以。"

"但是我没有可以交换的东西。"

"嗯，就换这东西，换这头小兽，"蛇形女人说，同时用只细脚爪指指阿丽萨。

"不行，"我忍住火气说，因为刚才，自己也曾把聪明的外星人当成笨鸟，"这是我的女儿。"

"哦，太荒唐了！"蛇形女人怒喊，"我要马上叫市场管理员来，这是禁止的呀！"

"禁止什么？"我莫名其妙。

"禁止出售自己的孩子，用子女交换动物也同样是禁止的。难道您在市场入口处没看过规章制度？真是个恶棍！野蛮人！"

"这有什么关系，"我放声大笑，"我可以卖掉阿丽萨，阿丽萨也可以卖掉我嘛。"

"那就更荒谬绝伦了！哪有女儿出卖生身父亲的？"蛇形女人叫起来，把彩色的圆球搂在胸前。这变色圆球兽看样子受了惊吓，变成了白色，同时顺着背部，显露出一个个红十字。

"实话告诉你吧，"我受不了她这样胡搅蛮缠了，"我们谁也不卖谁！我们地球上根本不允许父母卖子女或子女卖父母。我和女儿一同到来，只是为了替莫斯科动物园购买珍稀动物。"

蛇形女人沉思片刻，说："还真不知道该不该相信您的话，咱们问问变色圆球兽吧，它的感觉特别灵敏。"蛇形女人把两个脑袋俯向变色圆球兽，问它："可以信任这个怪人吗？"变色圆球兽变得绿莹莹，跟宝石一般。

"多么奇怪，它表示可以信任。"

这样一来，蛇形女人放心了，说话的口气也变了："那我把你送给他们，你愿意吗？"变色圆球兽呈现出金黄色，犹如阳光。

"它非常愿意，"蛇形女人把它表达的感情作了解释，"趁我没改变主意，您带走它吧！还有这本小册子——《怎样饲养变色圆球兽以及怎样使其呈现表示温柔感情的玫瑰色》，也请拿去。"

"但我不知道应该送您什么做交换。"

"什么也不需要，"蛇形女人说，"我胡乱猜疑，侮辱了你们。如果你们接受变色圆球兽，肯原谅我，那我今天一整天都将会心情舒畅的。"

"哦，当然，我们不怪您。"我说。

于是，蛇形女人把众多的脚爪一挥，变色圆球兽便直飞起来，落到阿丽萨的双手上。它呈现出金色，只是沿着脊背，有一些蓝色的长条纹在活泼地转动。"圆球兽感到满意了。"蛇形女人说完，也不听我们的婉谢，就迅速爬走了。

变色圆球兽从阿丽萨的手上跳下来，两条直溜溜的细腿摇摇晃晃，跟随在我们后面。

这时，有一大家子人迎着我们走来，父亲的耳朵比大象还大，妻子和六个孩子也全是巨耳人，他们提着一个鸟笼。

"瞧!"阿丽萨喊起来，"这是金丝雀吧?"

"这不是金丝雀，"巨耳人父亲一本正经地接着儿道："这叫天堂鸟。但我们想买的根本不是这种鸟，我们在寻找真正的双嘴巧舌鸟。"

"说来也怪! 去年，巧舌鸟还占了半个动物集市，现在却踪影全无了。这是为什么，你们不知道吧?"巨耳人母亲说。

"不知道。"我说。

"我们也不知道，"巨耳人父亲接过话来，"我们只好养只天堂鸟。"

等这一大家子人走了过去，阿丽萨说："爸爸，咱们需要双嘴巧舌鸟。"

"为什么?"我不解其意。

"因为大家需要巧舌鸟。"

"好吧，咱们找找巧舌鸟，"我表示同意，"不过，我劝你先去看看原始纺织蜘蛛。如果有人在出售，咱们一定要买下来，这是我们动物园早就希望获得的。"

▎情境赏析▎

在巴拉特布尔城的集市上，因为大人们对一切持怀疑态度，不轻易产生信任的思维定式，使阿丽萨差一点错过了小矮人赠送给她隐身帽的机会，当然，最终是阿责萨的善良和爱心赢得了它，而这顶"我们"大人都不相信的隐身帽，却在关键时刻救了阿丽萨，也救了"我们"全体考察队员的命。文中通过两个小误会的细节——"我们"误解了那只暗蓝色的鸟形人和花斑球鸟之间真正的主仆关系；蛇形女人误会了"我"要卖掉阿丽萨——生动介绍了宇宙生物的奇妙和多姿多彩。

第十章

在集市上，教授和阿丽萨终于买到了神秘的巧舌鸟。

我们为动物园买到了 18 只各式各样的飞禽走兽，为这我和阿丽萨走遍了整个集市。一路上，阿丽萨向每一个商人和收藏家打听巧舌鸟的消息，得到的答复多种多样。

大家说，从前巧舌鸟是一种普通的鸟儿，在家里或动物园里都可以随处看到。然而近年来，巧舌鸟突然失踪了。据说曾有人挨家挨户收购巧舌鸟；还据说巧舌鸟染上寒热病，全部死亡了。找到巧舌鸟的希望越渺茫，阿丽萨的好奇心就越强，哪怕能看一眼这种鸟也是好的。

我们结识了来自巴拉卡斯星球的克拉巴卡斯。我向他请教巧舌鸟有什么特别的地方。

克拉巴卡斯告诉我们它们会说话。

呵，这不是鹦鹉嘛，我想，便问他："那您知道它们生活在哪儿吗？"

"也许，它们正是生活在这个星球上。我听说，巧

说明巧舌鸟远离人们的视线已经很久了。

这样的阿丽萨每次才能有出人意料的表现。

舌鸟能够在星际飞行，并且总是返回出生的星球。"

"咱们找不到巧舌鸟的，"我对阿丽萨说，"该回去了。何况，你的变色圆球兽已经饿了。"

变色圆球兽听清了我的话，变成翠绿色，表示赞同。我们转身朝出口处走去。忽然，克拉巴卡斯高声叫我站住。

我回头看去，克拉巴卡斯蜷缩成一团，说："希望看看巧舌鸟吗？你们太走运了，有个人带来一只真正的成年巧舌鸟。"

多么可爱的小宠物！

阿丽萨还没听完，就往回跑去。变色圆球兽迈开碎步，跟在她后面，由于急不可待，闪烁着彩虹的七种色彩。一位小个子的巨耳人，躲在成排的鸟笼背后，他抓着一只大鸟的尾巴。这白色的大鸟有两张嘴和一个金色的冠子。

它为什么会离开船长？

"哦，"阿丽萨欢叫，"爸爸，你认得出它了吗？蹲在第一船长雕像肩头那只鸟儿！"

阿丽萨说得对，我记起来了，没错儿，雕像上塑的确实是巧舌鸟。

"您卖鸟吗？"我问巨耳人。

谨慎和恐惧。

"小声点儿！"对方压低嗓音说，"如果您不想害死鸟和我，就小声点儿！"

"您别讨价还价，买下吧，"克拉巴卡斯凑到我耳边说，"原本我自己要买的，但您更需要它。很可能，这是星球上最后一只巧舌鸟了。"

"可为什么这样神秘呢？"

"我自己也莫名其妙，"巧舌鸟的主人回答，"我住在本市的远郊，不常到这里来，两三年前，这只巧舌鸟飞到我家里，当时它虚弱不堪，而且带着伤。我精心护理，使它康复，打那以后它就住在我家。这只巧舌鸟会讲许多种语言。前几天我在城里遇到一个老朋友，老朋友告诉我，城里已经完全看不到巧舌鸟了。有人把它们统统买去或杀死了。那会儿我对朋友说，自己家里倒养着一只，朋友嘱咐我小心保护它。正在这时，有个地球人走到我们跟前，说他要买巧舌鸟……"

"他是个戴着礼帽的中年人吧，瘦瘦的?"阿丽萨忽然问。

"对，对。"巨耳人回答。

"他是谁?"克拉巴卡斯问。

"就是那个出售软体虫的人。"

"毫无疑问，准是他，这个坏蛋!"克拉巴卡斯惊呼。

"等一下，请别打断我，"巨耳人抢过话头，"当时我拒绝出售心爱的鸟，驱车回家了。当夜就有人企图潜入我家。第二天夜里，有人放火要烧死我。幸亏巧舌鸟警觉，还叫醒了我。昨天，我发现住宅底下有一条还没挖好的地道，晚上就有人朝我的卧室里扔大石头。这下我才明白，假如继续把鸟留在家里，我性命难保。如果你们不怕惹来麻烦，就把鸟带走吧，可我不为后果负责。"

简单的一只鸟，却给主人带来这么大的麻烦，恐怕这只鸟并非那么普通。

"带走吧，"克拉巴卡斯说，"这鸟罕见珍贵，你们反正要离开这儿，用不着害怕。"

"爸爸，带走吗？"阿丽萨一面问，一面把手向巧舌鸟伸去。我还没来得及回答，巧舌鸟已经轻灵地飞到了阿丽萨肩上。

"朋友，再见了。"巨耳人叹口气。我付钱给巨耳人，他连钱也没数一数就跑掉了。

动作和表情显示巨耳人的如释重负。

"饲养巧舌鸟，不妨用白面包和牛奶，"善良的克拉巴卡斯在临别时告诉我们，"野蔷薇的甜汁儿，对它有滋补作用。"

我们向集市的出口处走去，阿丽萨在最前面，巧舌鸟蹲在她的肩上，变色圆球兽迈着碎步跟在阿丽萨后面。我牵着以极高价格买来的原始纺织蜘蛛。这种蜘蛛十分罕见，非常勤劳聪明。它在织一条整齐的小方格毛线围巾，织好的一端拖到了地上。一路上，收藏家们看到巧舌鸟后纷纷转过身来，操着几十种语言在谈论。

受到如此的关注，巧舌鸟果然有故事。

突然，巧舌鸟斜斜地把头一低，用俄语开口说话："注意，这个星球是不可能降落的，我转到行星轨道上去。我的朋友，你别忘了把缓冲器打开。"

接着巧舌鸟改用一种我们听不懂的语言，叽里咕噜地讲了两分钟左右。

"这真是一只鹦鹉！"阿丽萨说。

巧舌鸟沉默了一会儿，仔细听阿丽萨讲的话，然后学着说了一遍："这真是一只鹦鹉！"

然后稍等了等，又模仿我的嗓音说："可为什么这样神秘兮兮呢？"

巧舌鸟接着又模仿巨耳人说："当夜就有人企图潜

入我家，第二天夜里，有人放火要烧死我。"

"全明白了，"我说，"阿丽萨，咱们太幸运了，这是一只超级鹦鹉。无论多少话，它都记得住，而且可以立刻说出。"

这时候，巧舌鸟又开始讲俄语："听我说，老二，我没什么礼物送给你。你肯收下的话，把我的巧舌鸟带去吧。它会让你回忆起咱们的航天冒险生涯——咱们说过的每一句话，全都储存在它的脑袋里啦。你也已经知道，怎样使它说出你想听的某一段话。"

巧舌鸟换了一种嗓音，回答自己："谢谢，老大，后会有期……"然后，巧舌鸟的喉咙里发出呼呼的颤音，宛如远方有一艘宇宙飞船在升上太空。

"爸爸，你听明白它说的话了吗？"阿丽萨问。

"这好像是杰出船长们的交谈。"我说道。

我们从动物集市离开，尽量绕过集邮区段。我们碰过面的胖子迎面走来，胖子看到了巧舌鸟，他的脸色刷地变白了，眼珠发直，深藏在深深的眼窝里。他要求我们把巧舌鸟给他，同时把手伸向巧舌鸟。

机灵的巧舌鸟忽地一闪，狠狠地啄了胖子的手指一口。"哎哟！"胖子叫起来，"该死的畜生！我早就在搜捕你了！"

"缩回您的手！"我提醒。

胖子回过神儿来说："对不起，我早就在搜求巧舌鸟，为了找它，我特地航行了80光年，您要多少钱都可以，请把巧舌鸟给我吧！"

"但是我不需要您的钱。"我说。

巧舌鸟不光学人说话，还会模仿其他声音，这简直就是一台录像机！这下，可有好戏看啦！

对比巧舌鸟当初对阿丽萨的态度，看出它非常聪明，而且嫉恶如仇。

"只要能得到这只鸟，您的任何条件，我都答应！我甚至可以把一座动物园送给您！"胖子说。

"不，"我口气坚决地回答，"巧舌鸟已经濒临灭绝。这只巧舌鸟在我们的动物园里将安全地生活。"

坏人终于原形毕露。

"交出来吧，要不然我就不客气了。"胖子凶巴巴地说。

"谅你不敢！"我说。

附近恰好有两名巨耳人警察走过。我转过身去，要招呼他们来救助。不料，胖子瞬间消失了。

博士为什么不光明正大地跟随"我们"？

我们继续往前走，突然，有<u>细碎轻微的脚步声</u>从后面传来。我回头一看，不由惊呆了。是维尔浩夫采夫一路在追赶我们。他的礼帽歪向一边，西服皱巴巴的，面容比以前更消瘦。

他气喘吁吁地对我说："教授，你们横祸临头了。幸亏我追上了你们！运气多好啊！"

"什么横祸？"我问。

用危险和恐怖迫使"我们"放弃巧舌鸟。

"祸根就在巧舌鸟身上。如果把它扔掉，就可以避免灾难，不然你们的飞船必遭毁灭，这是确凿可靠的消息。"

我生气地说："博士，您实在是一个奇怪的人。在三船长星球上，您的做法令人不解。您对我们说，不了解雕像上刻着的是只什么鸟。还有，听人说您曾飞到这儿来，出售白色的软体虫，企图消灭星球上的全部氧气。在旅馆里，您举止不文明。现在，又要带走巧舌鸟……什么时候您有所醒悟，请到我们飞船上来，我们平心静气地谈谈。"

"您会后悔的。"维尔浩夫采夫说。

"爸爸,小心,他有手枪!"阿丽萨喊。

我对着挂在胸前的微型步话机呼叫包洛思柯夫速来援救!维尔浩夫采夫听到我的呼叫,呆在那里,打着主意。算我们幸运,路上出现了一大群收藏家,维尔浩夫采夫见状一下子跳过篱笆,跑得没了影儿。

过了三分钟,包洛思柯夫驾着一只小快艇赶来,我们顺利平安地上了船。

为什么博士的表现和第七章中那个女人的"心地善良"的评论完全不同?是不是那个女人在撒谎?

情境赏析

因为阿丽萨强烈的好奇心的坚持,我们终于得到了双嘴巧舌鸟,同时也了解了双嘴巧舌鸟为它原来的主人——巨耳人带来了巨大的麻烦,甚至交易完成后,巨耳人连钱都不数就慌忙跑掉了。从而表明确实有人要千方百计置这种鸟于死地,而掩盖一些事实真相,同时,维尔浩夫采夫博士终于凶相毕露了,从而使他身上的谜团更为加深。

名家点评

"阿丽萨系列"的另一特色,便是与童话、神话的巧妙结合。什么小红帽、美人鱼、骑扫帚的巫婆、阿拉伯妖精、古希腊神话中的半人半马,和微波测听器、会喜会忧的聪明飞船、状如电梯的时间机等交错出现,悬念不断,余味无穷。

——钱钟书

乘员们从巧舌鸟那里知道了水母星系，并推测第二船长可能有危险，"飞马号"向水母星系航行。

上了飞船，我们忙着安顿买到的动物，把巧舌鸟放在休息舱里，并给它做了个大笼子。它整天嘟嘟囔囔，可那些语言我们无论如何也听不懂。

包洛思柯夫说："我推测，这只巧舌鸟是第一船长的，当他们要分别时，送给了第二船长。"

"维尔浩夫采夫特意追捕所有的巧舌鸟，是不是想得到这一只呢？"阿丽萨说。

"巧舌鸟对他有什么用处？"我问。

"什么有什么用处？第二船长杳无音信，谁也不知道他去了哪儿。我们知道，他带着巧舌鸟……"

"对了！"机械师泽廖内说，"毫无疑问！咱们的小女孩儿推理绝对正确。船长不见了，巧舌鸟却在这里。也就是说，巧舌鸟知道船长的行踪，维尔浩夫采夫想了解的正是这个。"

"那为何要如此鬼鬼祟祟呢？"我问，"大家都乐意帮助他的。"

谈话间，叩门声响了。我走去开舱门，看见胖子站在舷梯上。他说是来为自己的举止道歉的，并要送一只钻石小龟给我们。

这种钻石小龟是一种来自麦纳塔星球的罕见动物，它的甲壳上堆聚着真正的钻石，璀璨夺目。

照理说，我们对这个怪人不应该无防备之心，他的礼物更不宜接受。然而，我们为了能得到这种钻石小龟，已经搜求了五年，现在突然有人送上门来。

"请别拒绝，"胖子说，"再见，也许咱们还会相遇。别忘了，有上百个星球上的人认识我，管我叫嘻嘻哈。"

说完，他下了舷梯，一路蹦蹦跳跳地向巴拉布特尔城走去。

我暗暗想，可不能把人都往坏处想啊。就比如这个胖子吧，他就是个充满激情的生物学家，他舍得把如此罕见的动物赠给我们。

我心情异常愉快，回到休息舱，把礼物拿给伙伴们看。钻石小龟在他们手里传来传去，欣赏着它那奇光闪烁的钻石甲壳。

"接下来我们的目的地是哪里？"吃过晚饭，包洛思柯夫问。

"到赛西涅尔星球去找翼牛吧。"阿丽萨说。

"也可以，"我表示同意，"反正咱们是打算去那儿的。"

双嘴巧舌鸟一直安静地蹲在那儿看我们喝茶，此刻冷不防再次开口说话。

"你打算起飞吗？"它用第一船长的嗓音问。

"是的，我去接他。"巧舌鸟改用第二船长的嗓音回答。

"那好。老二，万一遇到麻烦，就通知我来帮忙。"

"但愿我通知得到。"

"我们有巧舌鸟啊，派它来，它是一个称职的使者。我有办法从它那儿得到我要了解的事情，你只要把情况交代好就行。"

"好的，再见吧。"

"再见。"

巧舌鸟沉默了，它摇晃着金黄色的冠子，仿佛在考虑要不要继续把话接下去。忽然，它以第二船长的嗓音缓缓地、一字一顿地说："我正向水母星系航行。"

大家都在聚精会神地等待着巧舌鸟接下去的话，但是，它闭上眼睛，把脑袋插进了翅膀底下。

"情况不好，第二船长处境危险，派出巧舌鸟求援。"阿丽萨说。

"怎样才能使巧舌鸟对咱们讲出全部情况呢？"

"等一下，"我接过话头，"根据不足吧？巧舌鸟飞回了自己的故乡勃鲁克星球，而没有飞往第一船长所在的金星。可见，它没有接到什么任务。第二船长可能自然死亡了，巧舌鸟便飞回老家。"

"都有可能。"包洛思柯夫说着走出了休息室，一会儿拿来了航天图，他指指图的边缘说："这儿是水母星系，完全没有探察过，其中有几颗行星。我建议咱们可以到那儿看看，如果第二船长活着，我们也可以帮助他；如果他死了，那么至少知道发生意外的地点。"

最后我们决定去试试。不过我们要先到赛西涅尔星球，目睹翼牛是什么样儿的动物。

准备休息时，我发现钻石小龟不见了，我们花了整整一小时，跑遍飞船内部，要不是变色圆球兽出力，还真不知道它的下落。变色圆球兽在紧靠飞船舱门的地方发现了钻石小龟。

"显然它想出逃，我早就说过，得盯紧这种钻石小龟。"泽廖内说。

变色圆球兽变黄了，我把双头蛇形女人送给我的小册子取出查阅，上面说："表示怀疑的时候会显示黄色。"

"你觉得这钻石小龟不可靠吧？"泽廖内问变色圆球兽，"我也是。"

变色圆球兽黄得越来越深，连电灯光也显得昏黄了。

于是我说："那好吧，咱们把它关进笼子里。"

变色圆球兽依旧这么黄，不过背部呈现出黑色条纹。小册子告诉我们，黄底黑条纹表示不赞同。

"明白了，"我说，"既然你这么不信任，我们夜里把它锁进保险柜。"

变色圆球兽这才转为墨绿色，表示放心满意。

▌情境赏析▌

维尔浩夫采夫抢夺巧舌鸟的计划失败了，而胖子嘻嘻哈又出手了，他利用"我们"急切寻求这种钻石小龟的急切心情，把钻石小龟看似大方友好地送给了"我们"，从而在"我们"身边埋下了巨大隐患，埋下了一颗"定时炸弹"。在飞船上，巧舌鸟说出的一系列话语更加表明它是很多谜团得以解开的关键，这也就是这种鸟为什么会被消灭的关键。

第十二章

赛西涅尔星球上的居民小绿人，有种特异的功能。

"飞马号"向着赛西涅尔星球飞去。

赛西涅尔星球位于主要通航线的旁侧。这个星球上的动物不多。300年前，这里还没有人烟。后来，洛皂多尔星球的居民移民到了这里。他们在这个星球上制造了人工大气层，建立起自己新的家园。

深夜时分，"飞马号"在星球上着陆。从飞船的一侧能看到小城市正沉浸在一片安静中。我们缓缓地降落，以免惊醒市民。

发动机停息了，大家各忙各的。我走进第一货舱，挑选一只空笼子，为翼牛做准备，然后去给动物喂食。飞船里既安静又暖和，忽然，一阵轻微的响声传来，吧唧吧唧的，好像有谁溜进了存放有一些包裹的仓库里。我停下脚步，凝神细听。不知道什么动物爬出了笼子。

小仓库的门开了一点儿，我悄悄地透过缝隙向里瞧。刚才的声音，听得更加清晰。我推门进去，仔细观察，那声音是从门背后锁着的冷藏柜里发出的，这个柜子里存放着菠萝。

我慢慢地伸手把冷藏柜的门拉开，柜子里，有个绿色的小人儿冷得哆嗦着坐在那里，用尖利的牙齿啃着菠萝。

小绿人儿见到我，惊慌失措，直眉瞪眼，把一只菠萝抱在胸前，他说："您别抢。"

"菠萝至少得削削皮，"我接过话头，"哦，对了，您是怎么钻进来的？"

"想安心吃顿晚饭都不行！"小绿人儿抱怨一声，连人带菠萝消失不见了。

我揉揉眼睛，以为自己看花眼了，可还是没发现有什么人。搁架上，少了三只菠萝。不一会儿又发现有个小绿人儿站在那里，踮起脚尖，竭力要从搁架上搬一只大菠萝。

"住手！"我大喊一声。

小绿人儿回过头来，这根本不是三分钟前大嚼菠萝的那个小偷。

"您别激动，"小绿人儿说，"我得到允许的。"

话音刚落，他也带着菠萝像先前的小偷一样消失了。

我第一次遇到这样的怪事，头都发晕了。就在这一瞬间，我呆若木鸡。搁架上又站着了第三个小绿人儿。

"请别妨碍我，"他说，"我会碰伤的。"说完，他立刻伸手去取菠萝。

这些奇怪的人真把我给搞糊涂了，我怒形于色："您是从哪儿来的？"

"我是本地人。"小绿人儿回答，他拿到一只菠萝，便消融在空气中了。

眼前这些事让我没法接受，我呼叫包洛思柯夫，问他有没有把船舱门关好。包洛思柯夫此刻在工作，说门没有开着，也没有人出去过。他问出了什么事，于是我把情况和他说了一下。和船长说话的当儿，小绿人又来了。

"我马上来!"包洛思柯夫忐忑不安地说,"千万别采取行动,克制住自己。"

在包洛思柯夫赶到底舱之前,一大半的菠萝已经不见了,又一下子冒出两个小绿人儿,他们你驮着我,我顶住你,正往冷藏柜上面的搁架上攀爬。

"不对头,"包洛思柯夫说,"你别惊吓他们,这多半不是幻觉。"

"什么幻觉不幻觉的!"一个小绿人儿觉得受了委屈,"可以碰碰我们。"

"向阿丽萨致敬。"头一个小绿人儿说,于是消失了。

"他们怎么知道阿丽萨呢?我们降落到这里,还没有人出过飞船啊……"

我和包洛思柯夫为这事久久难以入眠,绞尽脑汁,也无法解释这种奇异的现象。我们检查了飞船,还是一片空寂、宁静、安谧,没有发现什么异样。

我很担心阿丽萨,所以在她的卧舱里睡了,而且在她睡醒之前我就起来了。所以,她睁开眼睛时,我已经仿佛什么事儿也没发生,坐在圈椅里翻阅《银河系居民测定手册》了。

"你在这儿干什么?"阿丽萨问。

"哦,我来查一查本星球居民有什么特征。"

"那你怎么不梳头?"

我把小册子合上,说过一会儿再来查,就匆匆返回自己的卧舱梳洗。梳洗完毕,我又去看了看冷藏柜。冷藏柜敞开着,空空的,连一只菠萝也没剩。包洛思柯夫面对冷藏柜站着,深思默想。

见到我来,他说:"我觉得这个星球上的居民有一种特殊的本领——穿墙而过,虽然这有点不合常理。"

"不,大概不是当地的居民。"我说,"可能是我们遇上了寄生文明生物。"

这当儿，阿丽萨走进底舱。

"早上好，包洛思柯夫叔叔，"她说，"您把菠萝放到哪儿去了？"

"被偷走了，"包洛思柯夫说，"我们正在想办法如何惩罚这些小偷。"

"惩罚谁？"阿丽萨感到奇怪。

"绿色的妖精，"包洛思柯夫回答，"我不能让他们那么逍遥！莱德委特星球正在等着这批菠萝呢，现在却全没了，我真没脸见他们哪！……哎哟，又来了，抓住他！"

这时，一个小绿人出现在冷藏柜里，他望了望空空的搁架，瞧也不瞧我们，便说："我来迟了。"说完，立刻消失。

"正是他，但简直没办法抓。"包洛思柯夫又说。

"我看过爸爸留在圈椅上的那本书，书上说这是当地的居民。"阿丽萨说。

"那他们更应该受到惩罚，哪有这样对待客人的？我要立刻向他们的政府提出控告。"包洛思柯夫怒不可遏。

"船长，饶恕他们吧。"

"不行，我不想宽饶。电话在哪儿？"

"包洛思柯夫叔叔，再考虑一下吧，"阿丽萨求情，"这是一些善良的人！他们不是存心要偷菠萝的。事情过去就不要计较了。"

"阿丽萨你心肠好得过头了，"包洛思柯夫不同意，"咱们还没离开飞船，他们已经钻进仓库搬菠萝，再过半小时，其他的东西也都会不见。"

"包洛思柯夫叔叔，"阿丽萨以很硬的口气说，"你还欠我一个愿望，你还记得吗？"

"我不会忘记。"包洛思柯夫说。

"那好，我的愿望就是原谅他们拿走了菠萝。"

正在这个时候，一片喧哗声在飞船外面响起，那声浪惊天动地。我们顾不上谈论小绿人儿，急忙奔向舷梯，从三楼上面往外看。

一轮红日冉冉升起，长条的蓝色云彩在空中飞舞。"飞马号"前面的林边草地上，挤满了小绿人儿。他们挥舞着写有"欢迎光临"字样的标语牌，此起彼伏地齐声呼喊："你好，阿丽萨！……欢迎欢迎！……谢谢！……万岁！……"

阿丽萨一露面，他们更是欣喜若狂，欢呼声震天动地。转瞬间，有几个小绿人儿已经出现在舱口，把阿丽萨抬了起来。随即又出现在密密的人群中。阿丽萨被小绿人儿举起，他们向着城里走去。

这时有个上年纪的小绿人儿，朝我们走来迎候致意："尊敬的客人，看来你们对这里不太了解。"

"是不太明白。"包洛思柯夫说。

"阿丽萨不会出事儿吧？"我问。

"绝对没有事儿。能允许我解释吗？"

我们依了小绿人儿的建议在草地上坐下，他便向我们讲述了关于他们的情况。

小绿人儿说，十年前，有个赛西涅尔星球人发明了一种神奇的药。这种药片可以让人在时间的长河里漫游，退向过去或进入未来都行，而且有一定的期限，一般是两年为限。一开始，星球的所有人欢天喜地地争着服用药片，有的往前，有的向后，在时间中漫游。但过了一段时间，人们为此开始大伤脑筋。

好多人进入未来，得知自己遭遇不幸或碰到倒霉的事，想改变，却无能为力，人们为此苦恼无比。渐渐地，人们不敢进入未来了，现在已经无人前去。不过，大家越来越频繁地返回往昔。每个人都保存着某些愉快的回忆，因此他就重返往昔，重温开心时刻。一而再，再而三……没完没了地重返往昔。

　　"请和我一起到城里吧，"年老的小绿人儿说，"你们会目睹这种情况导致的后果。"

　　我们跟随他来到城里，这市区又空又脏。大街上难得遇见行人的踪影，即使遇到一些，他们对我们也是视而不见。

　　"他们是在时间中漫游，"我们的旅伴解释，"他们对现实提不起兴趣，对未来怀着恐惧，大家都无所事事。政府曾试图禁止这种药片再生产，然而做这种药片轻而易举，人们在自己家里都可以生产。"

　　"这下我了解了，"我说，"为什么您的同胞昨天已经和阿丽萨相识，已经得知我们的飞船来到了这里。"

　　"对。他们还在未来的时间里进入了你们的冷藏柜。"

　　"可我还是不太明白，为什么他们见到阿丽萨是如此欢天喜地呢？"包洛思柯夫问，"为什么并不因为我的到来而高兴呢？"

　　"其实挺简单，"上年纪的小绿人儿说，"我们是善良、厚道的人。我们很珍视别人的友善态度。"

　　"啊，头脑太单纯了！"小绿人儿责怪地说。

　　说完他消融在空气中，过了三秒钟左右重新出现，双手捧着一只大菠萝。他说刚刚去了我们的冷藏柜。

　　"但那儿已经没有菠萝了呀。"我感到惊奇。

　　"我去的是昨夜的冷藏柜。我是退回了往昔，也就是在昨天夜里，从冷藏柜里拿了个菠萝。我可没有偷，是拿一个，因为今天早晨，阿丽萨提醒过包洛思柯夫，说他已经欠她一个愿望，而她的愿望正是允许我们把菠萝拿走。因为这个，我们今天早晨欢迎阿丽萨，感谢她同意我们拿走昨夜的菠萝……"

　　"我搞糊涂了！"包洛思柯夫说，"今天早晨在前，昨天夜里在后，你们拿走了不该拿的菠萝，因为这些菠萝是后来可以拿的……"

"我们生活中剩下的乐趣实在少之又少，"小绿人儿不听包洛思柯夫的，只管往下说，"以前我们没有尝过菠萝，比如说我吧，这下将要每天重返昨天，吃掉那昨天已经吃掉的菠萝……"

我们沉默了一阵，细细琢磨着这新鲜事儿。后来，赛西涅尔星球人叹口气，说："我不能再待着了，我要返回往昔，去吃掉你们的菠萝。"

"请稍等，"我留住他，"我请教您一个实际问题。"

"不用说了，"小绿人儿说，"我知道您要打听翼牛，也正是为了这种动物才飞到这儿来的。"

"哦，没错儿。"我说。

"我们可以为您赶来一百头翼牛，但您准会拒绝收下。哎，您瞧，有一头就躺在墙角那儿。您马上会说：'这只是最普通的母牛啊！'"

我们朝墙角望去，那儿是躺着一头母牛。我说："这只是最普通的母牛啊！"

"您自己听听。"小绿人儿说。

这时候，小绿人儿和我们告别后就消失了，因为本星球的所有居民都有消融在空气中的奇特习惯。

我们的绿色向导刚一消失，那母牛便伸个懒腰，站立起来，展开了长长的皮质薄膜双翼。原本这双翼是紧贴在肚皮周围的。母牛叹口气，含悲带愁的大眼睛瞧瞧我们，晃动双翼，抖搂掉尘土，磨损的四蹄一蹬，飞过了街道。它在飞，但仍像牛一样笨拙而迟钝，但不管怎样总是在飞！

突然我旁边出现了一个男孩小绿人儿，我问他："这牛是谁的？"

"它不属于任何人。没有人要翼牛，因为它们四下乱飞，没办法牧养。你们要就带走好了，无所谓的。"小男孩说道。

于是，我们赶着翼牛走向"飞马号"。翼牛时而飞到空中，时而落到地上，转而懒洋洋地慢慢往前走。

　　我们返回不久，阿丽萨也回来了。跟赛西涅尔星球人在一起，她感到闷得慌。是呀，他们很快就忘了阿丽萨——这些小绿人儿各忙各的，有的进入往昔，有的前往并不遥远的未来。

▌情境赏析▐

　　恰恰因为小阿丽萨的热心友爱和乐于助人，使"我们"结识了神秘奇妙的时间旅行者"小绿人儿们"。当"我们"反对"小绿人儿们"盗窃菠萝的行为都异常愤怒的时候，又是阿丽萨和"小绿人儿们"真诚的友谊为"我们"解开了谜团。原来，"小绿人儿们"并未偷窃，他们只是"重返昨天，吃掉昨天已经吃掉的菠萝"。阿丽萨的热心友爱也获得了全体"小绿人儿"的真心尊重和友谊。另外，前文提到多次的翼牛终于出现了，原来"只是最普通的母牛啊"！

第十三章

瘫痪的机器人

"飞马号"收到赛列霞克星球的求救信号，于是改变航向去救援这个星球上——瘫痪的机器人。

"我们"不能见死不救。

离开了赛西涅尔星球，我们决定直飞水母星系。但是两天以后，我们收到来自赛列霞克星球的求救信号 SOS，迫使我们不得不中途改变航向。

通过船长之口，简要介绍了此次目的地的概况。

包洛思柯夫打开《行星指南》，查看关于这个星球的情况，大声念道："赛列霞克星球，是菲克斯星球探险队发现的，星球上存在着极低的金属机器人文明。有人推测：该星球的居民，乃是一艘不明宇宙飞船上幸免于难的机器人后裔。它们的性格直爽好客，但也很任性、易怒。行星上一无所有，如果曾经拥有，那么也已被机器人用完耗尽。它们生活在贫困中。"

信号从接收机反复传出："SOS，我们这里流行病泛滥肆虐，请求救援。"

"必须改变航向，"包洛思柯夫叹口气，"具有高级智慧的地球人绝不能见死不救啊。"

于是，我们调转航向，朝赛列霞克星球飞去。在宇宙中，我们发现了这颗一无所有、灰蒙蒙的星球。这时候，包洛思柯夫终于呼叫到了当地的调度员。

没有生机。

"你们那里出了什么事？"他问，"我们能向你们提供什么帮助？"

"这里有流行病……"扬声器里传出的嗓音，杂有呱呱声，"我们全患病了，需要医生。"

"医生？"包洛思柯夫感到诧异，"你们拥有的是金属机器人文明啊，派一位机械师去帮助你们，行吗？"

"机械师也行，"机器人表示赞同，"不过也需要医生。"

为什么机器人坚持需要医生？

我们着陆后放下舷梯，把越野车开出去。包洛思柯夫在飞船上留守。泽廖内、阿丽萨和我乘车向航天站的建筑物驶去。这座建筑物又长又低，死气沉沉的，周围连一个人影也见不着。我们一路驶去，先看到被丢弃的一条断裂的机器人的腿，锈迹斑斑的，接着是一个被拆去了辐条的车轮。

一副苍凉的景象。

航天站的门敞开着，里面依然空荡荡、静悄悄的。我们跨出越野车，在门口停住脚步，不知该往哪里走。

这时，顶棚下的大扬声器沙沙作响："请上梯子登楼，走到小黑门前。请推门，它会开的。"

我们依照扬声器说的找到了机器人。"谢谢你们飞来了，"机器人说，"我以为你们不愿意到我们这儿来。等不到了，谁也不飞来救助我们。"

"可你们的电波太弱，"我说，"只是由于我们在附近飞过，才接收到，这完全是碰巧。"

"想当初，在扇形带中，就数我们电台发射的电波最强。"机器人说。

这会儿，它的钢铁躯体里面什么东西嘎吱一响，机器人便张着嘴巴，做声不得。它晃动双手，哑巴似的求助。我不知所措，瞧瞧泽廖内。泽廖内走到机器人跟前，猛地一拳，打在它的下巴上。咔啦一声，机器人的嘴合拢了，说："谢谢啦……"又卡住了。

泽廖内不得不再次粗鲁地对待机器人。这回他劝告机器人："请您不要把嘴巴张开那么大，我可不想永远站在这儿出拳揍您。"

机器人点点头，继续说："我之所以发出 SOS 信号，是因为已经有两个星期没有人来换我的班了。我怀疑，我所有的同胞都瘫痪了。"

"您为什么这样想？"

"因为我自己的双脚也已经不听使唤。"

"你们患这种病很久了吗？"

"不，不是很久，"机器人说，"虽然这几年润滑油的供应有些紧张，但仍然可以维持，然而，这一切缘于一个人对我们的恶毒诅咒，从那以后，一种空前的、古怪的瘫痪症就开始伤害我们，大人小孩都无一幸免。现在，在整个星球上，我怕自己是最后一个多少还保持着活力的机器人了。不过，瘫痪症也已经在悄悄地威胁我的心脏了。"

"来请让我看看，没准儿是您忘了添润滑油。"泽廖内猜测着说，便检查起机器人两手两脚的活动关节，不一会儿他说："润滑油不缺，我找不出任何原因！"

"我们也不知道原因何在。"机器人跟着说。

被打了还要说"谢谢"，真是奇怪的机器人。

难道"诅咒"真的灵验了？

我们驱车进城，挨户看着，看到完全相同的机器人躺在各张床铺上，积满灰尘。小指示灯在它们的前额闪闪烁烁，这表明机器人是活的。临了，我们还是没把事情弄明白，于是返回航天站，把笨重的值班机器人搬上越野车，运到"飞马号"上，要在那里拆卸，查查是什么奇异的流行病在侵袭这颗行星。

机器人亲自协助我们拆卸它自己，经过检查，我们在它体内没有发现任何特别的损伤，原因仍找不到。

"这下可怎么办呢？"机器人轻轻地问，"整个钢铁文明眼看要毁于一旦了。"

"只能向地球或其他大的行星发电报，"我说，"让他们派专门的考察队和机器人疾病专家到这里来。"

"唉，我们会患上什么病哪！"机器人的脑袋喊一声，嘴巴便又大张着了。我只得走上前去，对准它的下巴，猛击一下。

"谢谢您，"机器人说，"可要是我们没人照管，就太惨了。"

"但是我们不可能在你们这儿一直待到救援者到达！"我说。

"难道你们另有重要任务？"机器人的脑袋问。

我没来得及回答，泽廖内接过了话头："我试试更换润滑油吧，给您上点机器油，可以吗？"

机器人同意了，于是，泽廖内动手把机器人所有的零部件擦洗干净，重新涂上我们的机器油。

在这同时，机器人又问："你们的任务是什么呢？"

"我们要为莫斯科动物园搜寻各种珍稀动物，并必

大家真的病得很严重。

是谁这么坏呢？要毁掉整个钢铁文明。

表明了机器人们的无助和悲哀，更衬托了那个行凶者的可恨。

须尽快结束考察返回。"我说。

"可只要你们救助了我们，"机器人的脑袋说，"我们将把自己特有的动物送给你们。"

"是些什么动物呢？"

于是机器人的脑袋讲述起往事来。

机器人星球以及钢铁文明的来历。

许多年以前，有一艘自动宇宙飞船在这个星球上失事了，船上有几个万能机器人幸运地生存下来，并且利用飞船的残骸，为自己搭建起房舍。然后，它们在星球上找到了铁和其他金属的矿藏，发现了铀和其他许多有用的元素，这样一来，机器人就着手修建大量的工厂为自己制造后代。

就这样，原本只有几个人的机器人队伍逐渐增加。最后导致星球上所有的氧气耗尽，所有的树木被当成储存的燃料，所有的动物灭绝，所有的山峰被夷为平地，所有的海洋干涸，有用的矿产资源也枯竭了。光秃秃的星球上，只剩下好几百万彼此相同的机器人，它们突然没事可干了。

原来的机器人还能勉强度日，可是因为那个坏人的"诅咒"，把他们推上了绝路。

于是，机器人采取抓阄的形式。结果，那些运气不佳的，或者被拆卸成备用零件，或者被用来跟途经此处的飞船或星际流浪汉换取润滑油。机器人们正是这样勉强度日，这种情况一直延续到最近。后来，由于遭怪病的袭击，机器人都瘫痪了。

"可您刚才提到的，是什么样的动物呢？"我问机器人的脑袋。

"机器动物。当地的动物都死绝了，于是我们制造了一些动物。不过，后来我们自顾不暇，便把动物拆卸当备用零件了。可是，有些机器动物逃跑了，现在有一些仍在星球平缓的山谷间跑来跑去。只要你们救助了我们，我们一定为你们捕捉极其特殊的钢铁动物。"

"谢谢。"我对机器人的脑袋说，心里在琢磨，这样的动物，我们的动物园未必需要。在地球上，每个小学生都会制造金属乌龟或电动刺猬。

我跟机器人的脑袋在交谈的这段时间，泽廖内擦干净了它的所有零部件，重新涂上油，并拧好所有的零件。我们大家心情激动地期待结果，只见机器人谨慎地把一只手抬起来，又向前跨出一步。脚听使唤了。它再跨一步，同时扬起双手，身子朝前一弯，又向后一仰，跳起舞来啦。

接着，机器人以清脆悦耳的嗓音唱起了《我们不怕大灰狼》。过了一会儿，机器人稍稍平静下来，说："可见问题全出在润滑油上了，不过，原先我们交换来的油也相当纯净呀。"

泽廖内没有说话，他把从机器人身上擦下的污油抹到玻璃片上，拿着走向显微镜。

"一切都搞清楚了，"过了一分钟，他宣布，"润滑油里有细菌，这种细菌能使润滑油变成金刚砂溶液。你们的润滑油怎么会有这些细菌呢？"

机器人陷入沉思。我们一块儿来到休息室，以便继续交谈。忽然，在机器人的脑袋上方，巧舌鸟睡醒了。它看到我们的客人，就张大嘴，模仿机器人的嗓音唱起来："我们不怕大灰狼……"

我们大惑不解，倒是机器人并不惊讶，对巧舌鸟

虽然"动物园未必需要"，但"我们"还是会尽力帮助它们。

描述了机器人高兴的心情。

说："哦，鸟儿，你身体可好啊？"

巧舌鸟没有回答它，而是继续很陶醉地拍着翅膀唱歌。

"您认识双嘴巧舌鸟？"阿丽萨问。

"认识，"机器人随口回答，"我亲自修理过它。"

"您怎么能修理一只活鸟呢？"阿丽萨吃了一惊。

对巧舌鸟的围捕猎杀几年前就开始了。

"几年前，这只鸟来到我们的星球上，它是很艰难地飞到我们的星球的。有人中途袭击，把它打成了重伤。我们照料巧舌鸟，不过我们不得不截去它一个翅膀上的一截骨头，换上假的。"

"不可能！"我惊叫一声，"我们怎么会浑然不知呢？"

"您检查一下吧，"机器人自豪地回答，"我们是非常了不起的能工巧匠。"

我走到巧舌鸟面前，摸摸它的翅膀，羽毛底下果然有一截儿金属。机器人说的是事实！

"这不，"机器人得意扬扬地说，"连你们也没发觉。"

"巧舌鸟后来又怎么样呢？"阿丽萨问。

巧舌鸟最终还是透露出了一些当时发生的事。

"它从水母星系飞到我们这儿，"机器人说，"有人追杀它。当我们为它修理的时候，它对我们讲了许多。我们这才得知，在水母星系的一颗行星上，有人飞船失事，或者遭到不幸，因此鸟儿急急忙忙地要把这个消息告诉遭到不幸者的朋友。"

"那你们把鸟儿放走了吧？"

"放走了，"机器人说，"我们曾竭力劝它如果这么急着赶路，是飞不到银河系的那个扇形带的。但鸟儿听不明白我们的话。我们倒晓得，离这儿不远有颗勃鲁克星球，正是巧舌鸟的故乡。所以我们猜测，巧舌鸟有可能飞回故乡。打那以后，我没再见过它。"

"你听听！"阿丽萨对我说，"第二船长活着，并且派鸟儿出来求救，这一点你现在不再怀疑了吧？"

阿丽萨坚信第二船长还活着。

"可是，事情已经过了四年，"我回答，"他可能已经死去。"

"不过我必须给您讲一件怪事，"机器人说，"就在一个月前，即出现流行病的三天前，有一艘飞船降落到我们星球上。一个<u>头戴礼帽的人</u>走出飞船，我们只当他要换取我们剩余的机器人，可实际上是他的飞船损坏了，需要我们帮忙修理。我们很乐意地帮助了他。"

头戴礼帽的人又出现了！这次他又要干什么坏事呢？

"这是维尔浩夫采夫博士。"阿丽萨小声说。

"等到他的飞船准备升空的时候，我们问他能不能给我们一些润滑油作为对工作的酬劳。不料，这个人蛮横无理，说我们休想得到任何酬劳。还说我们应该感激他，因为他没把我们干掉。我们忍不住对他说：'外来人，你可耻！我们曾经帮助一只巧舌鸟修好翅膀，它拿不出任何东西来谢我们，这没什么奇怪。然而，您是来自伟大地球的人呢。可耻！'当时，那人追问：'你们为一只巧舌鸟修理过翅膀，这是怎么回事儿？'我说这发生在将近四年以前，跟眼前的事情毫无关系。但他刨根问底，我就把受伤的鸟儿如何如何，给他讲了一遍。他听后暴跳如雷！还骂我们不该救助这只鸟儿。他听说鸟

充分表现了博士的无耻和卑鄙。

儿可能飞往勃鲁克星球，就骂骂咧咧地准备往回飞。他说：'总是把时间浪费在这该死的鸟身上，要不然，它会脱口而出的。'可当夜，我们看见他在最大的贮油槽旁边。"

"什么贮油槽？"

"全明白了！"机器人说，"他来到最大的贮油槽的旁边，朝里面投放了有害的细菌。"

终于搞清楚，可能就是博士为了一些事就要毁灭整个钢铁文明！

我们对机器人说，细菌也可能通过其他途径侵入星球。但机器人连连摇头，什么也不想听。

分别的时候，我们送了一桶润滑油给机器人。还答应它们，一进入太空，就给最近的行星发报，让他们派出飞船，运来润滑油，救助机器人。

终于又得到了第二船长进一步的消息。

机器人走了以后，我的伙伴们十分激动。他们都催促快点儿启程前往救助第二船长！

飞船准备起航，我走到舷窗跟前，想看这个星球最后一眼。忽然我发现，机器人正向"飞马号"跑来，它手里还捧着什么东西呢。于是，我在舷梯旁迎候机器人。

可见机器人是言出必行的善良人，更加突出了"博士"的令人憎恶之处。

"请收下这些动物，"它说，"只是必须换润滑油，暂时它们都是瘫痪的。"

它把一堆金属的东西放到我脚边后就离开了。

我给机器动物上了润滑油，看看金属动物怎样活动，然后把小小的机器动物关进铁笼子。不过，它们有时候会钻出来，在走廊里追逐钻石小龟。

▌情境赏析▐

旅途航行中，因为赛列霞克星球发生的奇怪 SOS 求救信号，使"我们"不得不改变航向，船长的"不能见死不救啊"表达了全体船员乐于助人的精神。在"我们"了解机器人星球这个特殊钢铁文明的过程中，以及终于修复好机器人，并找出导致它们患病的真正原因后，更详细一些地了解了巧舌鸟曾经历的一些事情，以及维尔浩夫采夫博士的所作所为，使"我们"更加认清了他的真面目，也知道了第二船长面临的状况可能更加危险。

▌名家点评▐

布雷乔夫小说的结构、故事情节的延伸都很有章法，他不是靠惊险、妖术来取胜，而是靠少年持有的善良、天真来吸引读者，其次是不脱离生活，他的小说都是以地球上的少年为主，没有脱离实际生活。还有一个很重要，就是作家始终充满着童心。

——冰心

第十四章

"飞马号"的乘员们在水母星系的第二颗行星上遇到了奇怪的幻影。

水母星系隐现在银河系偏僻的一角，共有三颗行星绕着它转。第一颗是离恒星最近的，气温高得发烫，可见我们根本用不着去。

我们飞向第二颗行星，这颗星球荒凉而阴郁，星球上空，刮着永不休止的风。

"哎，"我问双嘴巧舌鸟，"就是这颗星球，对不对？"

巧舌鸟把头一歪，什么也不回答。"爸，你不善于和巧舌鸟说话，它怕你。"阿丽萨说，并向舷窗走去。

"它不怕你吗？"

"什么动物都不怕我，"阿丽萨说，"亲爱的巧舌鸟，告诉我们，你把主人留在这个星球上了吗？"

巧舌鸟专注地听着阿丽萨的话，随即用第二船长的嗓音回答："小心幻影。别相信它，但要仔细看。"

"嗨，你的鸟儿傻头傻脑的，"我气呼呼地说，"答非所问，问它星球，它却讲幻影！"

"我们会看的。"阿丽萨回答巧舌鸟。

舷窗外面在下雨，雨点不大，然而一串串雨点让风吹得歪歪斜斜，抽打着"飞马号"的外壳。这样的星球，就连瞧瞧也心烦。夜来临了，闷倦而漫长。

晚饭后，我走近舷窗，朝外望去。两个大月亮淡淡地映照着平野，一片迷茫。蓦地，我惊呆了，有几个人沿着谷地正朝我们的飞船缓缓走来。这帮人衣着古怪，没穿密封宇宙服。他们只顾互相说话，好像一点儿也没发现飞船。我轻轻地招呼："阿丽萨，你瞧。"

在看书的阿丽萨把书一扔，跑到我身边。那伙人走得更近了，可以看清楚，他们身穿无袖上衣，头戴宽沿帽，上衣外面披着宽松的坎肩。一共是四个男子。他们后面，走着一个中年女子，头发蓬松，长裙曳地，步履缓慢，仿佛不乐意的样子。

"阿丽萨，这不是幻觉吧？"我问，"简直不相信自己的眼睛。"

"不是，"阿丽萨回答，"别吓走他们，我认识他们的。"

"爸爸，难道你没认出来？"阿丽萨继续说，"这个女的你大概不记得了，那也算了，可右边第二个男的，你应该认得出！他是波尔托斯，你瞧，他正弯着腰听达塔尼昂说话，八成儿他们仍然打算处死温简夫人。"

"还有什么温简夫人！"我大声说，"我完全糊涂了！波尔托斯怎么会出现在这里呢？"

"不知道，"阿丽萨说，"不过这些人是国王的剑客，错不了。如果他们是红衣主教的护卫，咱们一眼就能辨别清楚。"

与此同时，四个剑客已经走到飞船紧跟前。我努力往外瞧，要看看他们接下去会干什么。剑客们站住了，其中一个我觉得是阿拉米斯，这个留着小胡子的美男子，优雅地把手一摆，请温简夫人向前走。

"挺有趣的，"阿丽萨说，"他们会不会处死她呢？爸爸，你怎么想？"

"我已经什么也不会想了，"我回答，并呼叫包洛思柯夫，"可以放下舷梯吗？"

就在这时候，剑客们继续往前走，进入飞船的侧壁，然后就消失了。

在驾驶台上的包洛思柯夫也把这情形看清楚了，"他们穿墙越壁，"我听见他茫然失措的声音。船长是不轻易吃惊的，他见多识广，比普通人一辈子所看到的多十倍。然而，国王的剑客穿越过"飞马号"的船壁这种情景，他还是第一次见识。

"或许，他们和赛西涅尔星球人一样，也是时间旅游者？"我问。

阿丽萨走到休息舱的另一边，朝对面的舷窗外望去。"正是他们，"阿丽萨说，"我也这么猜来着。他们穿过了飞船，甚至没感觉到飞船的存在。"

我跑到休息室的那一边，果然看到剑客们若无其事地离开飞船，他们经过悬崖，在峡谷里消失了踪影……

"上驾驶台吧，"我对阿丽萨说，"那儿看得更清楚。"

"走，"阿丽萨说，随手从沙发上拿起看了一整夜的《三剑客》。

我好像悟到了什么，就跟阿丽萨要了《三剑客》，我边走边打开书，恰巧翻到一页插图，画的是剑客中的达塔尼昂，身披坎肩，佩带长剑。

当我们跑上驾驶台的时候，站在大舷窗旁边的包洛思柯夫，抬手招呼我们过去。舷窗外面，平原中间有一株细长的小桦树，桦树周围长着草，紧挨着树根，还有一棵鳞皮大蘑菇。

"这景象好像在哪儿见过。"包洛思柯夫沉思着说。

"我知道在哪儿，"阿丽萨接荐儿，"是泽廖内伯伯心爱的明信片，这张明信片就挂在他卧舱的床铺上方。"

"幻影。"包洛思柯夫说。

"对,"我表示赞同,"这无疑是幻影。关于幻影的事儿,巧舌鸟曾用第二船长的嗓音提醒过我们,它并不是胡乱说说的。然而,这些幻影,是谁制作的?为什么制作?"

桦树在夜色中消失了,远远的山坡那儿,却有一支奇异的队伍,朝着"飞马号"移动,队伍中有地球人、菲克斯星球人,还有来自我们不知道的行星和恒星的人,还有一些机器人、动物。幻影中的人群,围住了飞船,却又仿佛没有感觉到飞船的存在。他们旁若无人,穿过飞船,倏地失去踪影;他们一分为二,又合二而一。

"爸,"阿丽萨说,"咱们走近些去看看。"

因为没弄清情况,我不同意阿丽萨的要求,但实在拗不过她,包洛思柯夫也表示赞同,我也只好同意了。

我和阿丽萨来到平原上,这儿空寂无人,达塔尼昂不知去向。我们走向刚才显露一棵小桦树的地方,地上的小草不见了,连一片叶子也不见,只有一些圆圆的小石头。

"爸,你瞧,谁在走,"阿丽萨说,"你怎么也想不到的!"

我抬起头来,不由打了个寒战。是我自己拉着阿丽萨的手,在迎面走来。阿丽萨迎着自己跑去。

"站住!"我冲着她喊,"你上哪儿去?"

然而,阿丽萨已经飞跑到"孪生姐妹"跟前,并且跑着穿过自己的幻影,不料,被石头一绊,摔倒了,幻影当即消失。我急忙赶去搀扶阿丽萨,就在这当儿,又出现了新的幻影。这幻影朝阿丽萨奔去,似乎要抓她。这次,幻影具有维尔浩夫采夫的外形。我连忙插到幻影和阿丽萨之间,遮护住女儿,因为我时刻担心,生怕这个维尔浩夫采夫不仅仅是幻影。

但是，维尔浩夫采夫博士并未发现阿丽萨。他一脸微笑，在我们旁边擦身而过，仿佛看见了什么人。我循着他的目光望去，只见胖子正迎着维尔浩夫采夫走来。他们互相伸出双手，脑袋靠在一起，争论着什么。

阿丽萨站起身子，挽住我的手。"这个星球上没有什么要保密。"她说，"倒是我们现在知道胖子跟维尔浩夫采夫是认识的，怪不得他们两个都来向我们索取巧舌鸟。"

一两个幻影在无声地交谈，又有一些幻影，从另一边朝我们走来。这些幻影具有三位船长的形貌。不过，并非我们在三船长星球上见过的那种石像，而是跟本人一样，身穿蓝色宇航服的。船长们站在那儿，手挽着手，似乎在告别。转瞬之间，幻影消隐了，代之而起的，是第二船长出现在平原上。他瘦削的高个子，鼓鼻梁儿。这船长站着，皱眉蹙额，若有所思，肩头还蹲着巧舌鸟。第二船长朝山谷那边瞅一眼，快步走向出现在地平线上的另一个幻影。这个幻影是一艘浅蓝色的宇宙飞船，船舷上镶嵌着用钻石组成的深蓝色海鸥。接着，这些幻影消失了，维尔浩夫采夫和胖子的踪影也不见了。

在刚才阿丽萨跌倒的地方出现了一种很惊人的现象：两粒圆圆的小石头好像有人推似的忽然慢慢地滚动起来。我伸手去捡小石头，不料小石头加快速度，朝远处滚去。说时迟那时快，从小石头里升起了幻影。先是如烟似雾，若明若暗，可随即变成了温简夫人。温简夫人提着裙子，朝山峦跑去。

"你跑不了，"我大声说，"我早就知道会这样。哪儿有什么怪诞不经的东西！"

我向前一跃，作势要抓住夫人，立即摔倒在她所在的地方，同时幻影消失了。我的双手底下是一块圆圆的小石头。

"你怎么了?"阿丽萨吃惊地问,"你为什么追赶夫人?"

"我逮住了她。这就回到飞船上去,给你们解释一切。"我宣称。

在休息舱里,我把那块圆圆的小石头,还有返回飞船的时候沿路捡的样子差不多的五块,都放到桌子上。小石头排成一列,不动弹,挺老实。

"我来介绍一下,"我说,"这些是本星球的居民。它们有奇妙的本领,它们能够制造出可视幻觉,即复制人或物的形貌。而且,不仅复制它们所看见的,还能捕捉到存在于人们想象中的形体。喏,比方说,阿丽萨读《三剑客》,看看书里的插图,便想象着这些剑客应该是怎样的,于是我们发现了这样的幻影。阿丽萨,你倒说说看,那些幻影是不是和你想象中的一样呢?"

"一模一样。"阿丽萨说。

"这些小石头为什么需要幻影,它们又是怎样进行制造的,暂时还不清楚。"

"大概只是为了解解闷吧?"阿丽萨问,"它们闷得慌,任何来访者和客人,对它们来说,仅仅是美妙的娱乐品。"

"都有可能,"我表示同意,"那么,咱们在这儿寻找还是飞往第三颗星球?"

"我觉得第三颗星球更值得注意,"包洛思柯夫说,"我查阅了相片,那儿有植被、空气和水。"

这时候,从一块小石头里面冒出了第二船长的幻影。船长忧愁地望着我们,巧舌鸟却用他的嗓音说:"你到第三颗星球找我。你到第三颗星球找我。"

"你们听听,"阿丽萨说,"咱们也赶快飞往水母星系的第三颗星球吧!"

▌情境赏析▐

在水母星系第二颗行星上，"我们"遭遇了奇怪的幻影，原来一切都是那些圆圆的小石头在作怪。通过幻影，"我们"也知道了胖子嘻嘻哈确实和维尔浩夫采夫博士勾结在了一起，那么他们究竟有什么样的阴谋呢？"我们"也了解到了第二船长很可能就在水母星系第三颗星球上。

第十五章

> 在水母星系的第三颗行星上，阿丽萨被巨鸟抓走了。

水母星系的第三颗星球上空有四个太阳在迅速旋转，偶尔才见黑夜降临。暗夜很短暂，一般是半个钟头，有时连半个钟头也不到。

星球上林木葱茏，海洋里活跃着众多的鱼群、水母、海蜇和海蛇；森林中栖息着种种走兽；陡峭的悬崖和微斜的山坡之上，各式各样的飞禽在翱翔。

我们的飞船降落在生长着灌木的土丘顶上，为了找到第二船长，我们决定把金属探查机放到星球上空，进行探查。如果哪儿有适用于宇宙飞船的金属，它会向我们发出信号。整个探查过程需要两个星期。

第二天，天没亮我们就早早起来。包洛思柯夫装备着金属探查机，我把渔网和照相机放上越野车。我们专心致志，忙得不亦乐乎，没留意巨鸟克罗克是什么时候出现的。直至看见大块黑影朝我扑来，我才发现巨鸟。

"卧倒！"包洛思柯夫高喊。

我扑倒在草地上，紧挨着我脑袋的上方，鸟的爪子咔啦一响，那巨鸟扑个空，随即向上飞升，准备再次猛扑。

当时，我把它看得清清楚楚。它的体积非常庞大，如同一架中型客机。它的翅膀窄而长，尾巴短，扁而弯的嘴强劲有力，仿佛起重机的吊钩。这生物活像轰炸机，绕了不大的一圈又俯冲下来。我企图爬着躲开，但已经来不及了。我皱眉咬牙，紧紧抱住越野车的轮子。正在这时候，传来"砰"的一声枪响。

原来，泽廖内发现巨鸟离我只有三米，便向它开了一枪。巨鸟向高空冲去，它的一根羽毛掉落在我的旁边。羽毛长达一米，坚硬锐利，一端插进干燥的泥土，便竖在那儿，恰似一柄勇士的宝剑。我拔出羽毛，让阿丽萨看。

"听好，"我对她说，"这种巨鸟想在我们中间猎取它的晚餐，你明白吗？"

"明白，可它总不能抓起越野车吧？"

"越野车是抓不上去的。"

"那我们就开越野车出去。"

"不，阿丽萨，"我说，"我现在就出发侦查，回来吃午饭。大家都忙得很，只有你能准备午饭和给动物喂食。"

"好吧。"阿丽萨一口答应。

我坐上越野车，回头问包洛思柯夫：　"哎，金属探查机怎么样了？"

"弄不懂，"他回答，"莫名其妙的不顺利。从来没出过故障，可现在不对劲儿。"

越野车在矮树丛之间穿行，一路上我琢磨着，要能抓住这只巨鸟就好了。在巴拉布特尔城里，大家管这种鸟叫克罗克。我很想为动物园捕到这种凶猛的巨鸟，不过"飞马号"未必能把它顺利地运回去。要是找到它的窝，连同它的一窝幼鸟全抓住，那情况就会不同。鸟窝多半筑在山岩上，因为克罗克鸟的住所特别重，任何一棵树都承受不起那样的重量。

我掉转车头，朝远方的群山驶去。克罗克鸟在我的上方高高飞翔，它也朝着群山飞去，八成它的窝正是在那边。

我放出自动网，兜捕到一只一米长的蓝蝴蝶。我把它藏进越野车的背箱的当口，电视屏幕呈现出包洛思柯夫忧心忡忡的脸。

"告诉你，"他说，"我跟金属探查机的联系中断了。我全检查过了，它起飞后三分钟就没了声音。"

"那只能驾着小快艇撵上它，进行修理。"我一面说一面把蝴蝶放进集装箱。

"我也正要跟你说这事儿。我这就飞去寻找金属探查机，你快返回飞船吧。"

说完，包洛思柯夫关机了。有一只巨鸟在我的上方掠过，朝着群山飞去，我便记住了它的飞行方向。十之八九，鸟窝就在那儿。我一定要去一趟。忽然，暮色笼罩大地，我只好先掉头驶向飞船。

我一上飞船，头一件事是弄清旅伴们的下落，还好他们一切平安。于是我跟包洛思柯夫联络。

"金属探查机的方位我找到了，"包洛思柯夫说，"我快追上了，别关机。"

"逮住了，"过了一会儿，包洛思柯夫报告，"我用钩子把它钩住，就打弯返回。"

这当儿，我看见阿丽萨走到了"飞马号"前面的一块平地上。她踮起脚尖，小心翼翼地走着，回头望了一眼舷窗，不过没发现我。

外面冷飕飕的，阿丽萨身穿毛茸茸的黄色工装，看样子是打算到一个很远的地方去；最令人惊讶的是巧舌鸟在她前面，神气活现地走在草地上。它被一根细长的链子牵着，阿丽萨手里捏着链子的另一头。她对巧舌鸟说了什么，那鸟便朝空中飞去。阿丽萨把细链子放长，使巧舌鸟飞翔不受妨碍。这鸟儿似乎懂得阿丽萨不会飞，所以扑扇翅膀，慢慢地朝树林飞去。

直到这时候，我才如梦初醒。我打开电动扬声器，喊得整座树林都听见："阿丽萨，你发疯了，快回来！"可我真怕她不听我的话，所以顺着舷梯往下跑，要去追她回飞船。我才跑到船舱口，阿丽萨已经到了紧挨着树林的地方。她的头顶上，克罗克鸟在盘旋。

"阿丽萨！"我大喊。

但是距离太远，她听不见我的叫喊声。而我手边什么也没有！怎么办？我乱了方寸，顺着舷梯奔下去。

阿丽萨发现往下飞扑的巨鸟，吓得放掉了细链子，受惊的巧舌鸟向树林那边飞逃。

我朝着阿丽萨飞奔，眼看着巨鸟探出白森森的爪子，一把抓住她，加快速度飞向高空。

我脚不停步，双手乱挥，眼睁睁看那巨鸟向上飞，渐渐变小。十分钟后，包洛思柯夫降落到"飞马号"旁边。这时候，我和泽廖内装备小快艇决定去追捕。

"你们要去哪儿？"包洛思柯夫惊奇地问。

"克罗克鸟抓走了阿丽萨！"泽廖内大叫一声，随即沉默无语，是痛苦使他说不下去。

"快跳上来！"包洛思柯夫招呼我。他把小快艇下降得贴近地面。我上了驾驶台，我们朝着群山那边快速飞去。

我们在群山上空绕了一个多小时，什么也没发现。我们要找到活着的阿丽萨，但随着每一分钟的消失，这个可能性越来越小了。不过，克罗克鸟自己帮了我们的忙，我们看见它在峭壁之上翱翔。

"追上它。"我说。

"且慢,"包洛思柯夫不以为然,"我们把它吓走了,它就不会把我们带往鸟窝。"

包洛思柯夫放慢飞行速度,只见那巨鸟朝着一个峰顶飞去,在那儿,巨鸟降落下去。包洛思柯夫立刻提升高度,向那个山峰飞去。

我们飞近了,这时候,下面一下子飞起五六只克罗克鸟,这些鸟奋不顾身地朝我们猛扑。包洛思柯夫只得边回想边运用特技飞行的高难度动作,避免和暴怒的巨鸟相撞。

"鸟窝,你快瞧!"包洛思柯夫说。

我凑近舷窗,看见在山峰的陡壁上,呈现出黑黑圆圆的鸟窝。

我们降低高度,能够清晰地看见几个窝里有巨鸟蹲着,有一个鸟窝里,露出一团黄黄的东西。小快艇朝这鸟窝飞过去,快得把巨鸟们甩在后面。

"不,这不是阿丽萨,"包洛思柯夫说,"是几只幼鸟。"

果然,窝里蹲伏着三只幼鸟,毛茸茸的。它们看到我们,便把扁而弯的嘴巴张得大大的。有一只巨鸟,在我们旁边俯冲、降落,用翅膀盖住鸟窝。

就在这时候,我们看见另外一只克罗克鸟正在飞近山峰,它的嘴里叼着一条大鱼。我们赶紧跟上它,这只巨鸟没有发现我们,它朝着最远的一个鸟窝降落下去。正是在这个鸟窝里,两只幼鸟中间坐着阿丽萨。远远望去,我觉得她也像幼鸟,这是由于她身穿毛茸茸的黄色工装的原因。

幼鸟们看到妈妈,就把嘴巴张开。不料,巨鸟把大鱼朝阿丽萨送去,变着法儿要向阿丽萨嘴里塞鱼。阿丽萨推让着,巨鸟却非要她吃不可。

包洛思柯夫哈哈大笑。"阿丽萨没有任何危险,"他说,"她被当做幼鸟，那克罗克鸟还硬让她吃营养丰富的食品呢。"

　　包洛思柯夫讲得对，毛茸茸的工装救了阿丽萨。我们悬浮在鸟窝的上空，我扔出催眠弹，播放噼里啪啦的爆竹声，惊走巨鸟，包洛思柯夫便抓紧时间，把阿丽萨救上快艇。

　　"咱们把幼鸟抓上来，好吗？"包洛思柯夫问，脸上依然带着笑容。

　　"下次吧，"我回答，"阿丽萨，你觉得怎么样？"

　　"没什么不好。"阿丽萨说。

　　她身上沾着鱼鳞，除此之外，完好无损，安然无恙。

　　"我只是开头被吓坏了，"她说，"可后来，我被带回鸟窝，觉得挺舒服的，我跟幼鸟相互焐暖身子。那巨鸟刚才一定要我吃鱼。嘿，简直像外婆：'吃一匙子碎麦米粥吧'。"

　　包洛思柯夫眉开眼笑，问阿丽萨有没有学会飞，想不想回到新认的鸟妈妈那儿去。

　　我稍稍平静下来以后，板起脸盘问："你为什么要离开飞船？"

　　"去找第二船长。"阿丽萨坚定地说。

　　"干吗这样出去？"我责备道。

　　"我听说包洛思柯夫叔叔的金属探查机出了故障。再说，要等两个星期也不行嘛。这么着，我就琢磨求巧舌鸟给我带路，它就飞啦。"

　　"那你怎么不请求允许呢？"

　　"你会允许吗？"

　　"不会，当然不会。何况，这里根本没有第二船长，忘了他吧。"

　　"没有？"阿丽萨反问，"他在这里。不过可惜，巧舌鸟飞掉了。要不我们很快就能找到第二船长了。"

　　"你还有什么奇思怪想？"

　　"瞧，这是我在鸟窝里找到的，"阿丽萨一边说，一边从口袋里掏出一块瓷碗的碎片，上面刻有金字"……海鸥……""是'蓝海鸥号'，对吗?"她问，"也许你不相信吧?"

"哎，让我瞧瞧，"包洛思柯夫急着说，"哦，你运气真好!"

"可别这么讲，"阿丽萨不同意，"我被巨鸟抓在爪子里飞了一次才得到这块碎片，你什么时候用这种方式飞过吗?"

"没有。"包洛思柯夫扑哧一笑。

"碎片是巨鸟自己交给我的。看样子，它把碎片当玩具给幼鸟玩的。"

我陷入沉思。阿丽萨讲得在理，看来"蓝海鸥号"确实在这颗星球上。然而，怎样才能找到它呢?

"金属探查机出了什么故障?"我问包洛思柯夫，"你还没检查出来吗?"

"很奇怪，反正是金属测定仪内部的取景片被人打碎了。"

"被人打碎了?"

"自己不可能碎裂——这套测定设备是放在探查机的中心部位的。"

"这下可怎么办?"我这样想，说出了口。

小快艇降落在"飞马号"旁边，我们走出快艇，站在林边草地上，仰望天空，看看克罗克鸟是否飞来。

"瞧啊，巧舌鸟。"阿丽萨说。

也是在这当儿，我发现，有一根细长的链子垂在我的鼻子跟前。双嘴巧舌鸟从一棵树上飞来，在我们头顶上盘旋，仿佛在招呼我们，跟随它去寻找第二船长。

▎情境赏析▎

　　终于到达了拥有四颗太阳的水母星系第三颗星球，在这里，"我们"似乎距离解开第二船长的谜团更近了一步，但也遇到了异常强悍的敌人——巨鸟克罗克，"我们"拿它们毫无办法，而且巨鸟还捉走了小阿丽萨，并把她当成了自己的孩子。不过，解救下来阿丽萨后，她又带来了小小的惊喜——从鸟窝中发现了一块磁碗碎片，从而找到了第二船长"蓝海鸥号"的一些线索。"巨鸟像外婆：'吃一匙子碎麦米粥吧'"表现了不论什么情况下，阿丽萨都保持一种开朗、乐观的精神。

第十六章

> 镜面花是一种奇特的花儿，它里面藏着无数的秘密。

巧舌鸟带着我们出发，去探寻船长的下落，我们一路艰难前行。

这是一个花的星球，这天我们目睹了许多种鲜花。有的会相互打架；有的发现我们到来便躲入地下；有的从一处跃向另一处，长长的根须在空中晃晃悠悠。还有许多普通的花，蓝的、红的、绿的、白的、黄的、咖啡色的和斑斑点点的。有些花长在地面，有些花开在枝头或矮树丛里，另外一些则生在山岩上，开在河水下，或者缓缓地漂浮在半空中。

我们跟随着巧舌鸟，跑了几个小时左右，实在累得不行了，大伙躲到一棵大树的阴影底下休息，巧舌鸟蹲在我们头顶的枝头上，跟往常一样，打起瞌睡来。包洛思柯夫背靠树干坐下，疑惑地问："万一巧舌鸟仅仅是打算出来溜达溜达呢？"

"可别这么想啊！"阿丽萨愤愤不平，"要这么想，那还不如回去算了。"

休息了一阵子，"该起来了，"包洛思柯夫站起身来说，"巧舌鸟要招呼咱们向前走了。"

"向前!"巧舌鸟用第一船长的嗓音说,"向前,咱们到了那儿就大干。"接着,换成一种完全不同的嗓音,说:"要像著名船长斯科特所说的那样'战斗、寻觅、发现,百折不挠……'"

"爸爸,你听,"阿丽萨说,"巧舌鸟在给咱们鼓劲儿呢,咱们快要到达了。"

于是大家启程了,我们在树林里又穿行了一个半小时。突然,巧舌鸟向上飞起,它从空中喊叫:"记住这个地点!船长,记住这个地点!"然后,嗓音变了,一句句话从高空传来:"抓鸟!逮住这鸟!别让它活着逃掉!"

"它在模仿谁?"阿丽萨问。

"不知道,"包洛思柯夫回答,"或许是维尔浩夫采夫吧?"

巧舌鸟似乎在寻找什么。"放开链子。"我嘱咐阿丽萨。阿丽萨放开了链子,巧舌鸟飞得更高,直插云霄,变成一个小圆点,突然又像一块石头似的往下冲。

"它找到了。"包洛思柯夫说。

然而我们立刻发现,一只克罗克鸟在追逐巧舌鸟,而且眼看就要追上。咱们的船长拔出手枪,也来不及瞄准,便一枪打去。几乎已经要抓到巧舌鸟的克罗克鸟,"哇"地大叫一声。它显然是失去平衡,往下坠落,但又控制住了,顺着树林的上空,慢慢地飞去。

我们跑向巧舌鸟躲藏的地方。大片矮丛林那边,展现出一块绿色的草地,土山环绕。这些土山,跟馒头似的,上面长满阔叶树木。哪儿也看不见巧舌鸟。

我们站在草地边缘,这儿的草低低的,柔软而光滑。草地周围,仿佛有谁特意栽种,生长着奇特的鲜花。花瓣短而宽,金属般的色彩,围绕着中间的花盘。跟大盘子一般大的花盘,明亮似镜。花的镜面,微微鼓起,每朵花上都映现出整块草地。花朵下面的茎秆粗而短，不长叶子。

"阿丽萨，别靠近，"我说，"万一有毒怎么办？"

"不，"阿丽萨说，"我觉得不会有毒。瞧！"

我们看到一只很像兔子的小动物，从矮树丛里跳出，跑到一朵花儿跟前，对着镜面照了照。然后毫不惊慌，旁若无人地返回，消失在矮树丛里。

阿丽萨走到草地中央，四下环顾，随即走近一朵花儿。这朵花儿转动镜面，仿佛要让阿丽萨照照它。

包洛思柯夫带着金属测定仪在整个草地上绕了一圈。金属测定仪没有发出任何响声。最后他宣布该回去了。

阿丽萨建议带些花儿回去，我们剪取了一束镜面花。这束花似乎是石头雕成的，沉甸甸的。回到飞船上，我们累得喘不过气。还好我们不在的时候，飞船一切平安。

"怎么样？"泽廖内问，"准是不顺利吧？"

"非常不顺利。"包洛思柯夫一面回答，一面脱了鞋，横倒在休息舱的沙发上。

这时候，阿丽萨把两只大瓦盆搬来，给镜面花灌了水。

"是的，那儿没有飞船，"我说，"咱们倒把巧舌鸟弄丢了。也许，它落进了克罗克鸟的爪子。"

"没关系，"包洛思柯夫说，"明天一早，我把金属探查机修好。在没有找到第二船长之前，我们不离开这个星球。"

不知什么东西撞了我的脚，怪疼的。我一看，原来是钻石小龟。

"它怎么跑到这儿？"我问泽廖内，"它明明被锁在保险箱里的呀。"

"它闹得厉害，看着怪可怜的。"泽廖内回答，"你们带回了什么奇怪的花儿？"

"镜面花。"我说。

"镜面？我正照着它，可映现出来的根本不是我呀。"他说。

我回头一看，泽廖内讲的果然是真的：花的镜面上显露出来的是阿丽萨，而不是他。在阿丽萨的肩后，是我和包洛思柯夫。而且，我们都不是站在休息舱里，而是在圆形的草地上。

"太有意思了！"我说，"可见这些花朵活着的时候，把什么都映现出来，而且像摄影一样储存在内。"

突然，"嘟、嘟、嘟"的叩击声传进休息舱。包洛思柯夫从沙发上一跃而起，奔向舷窗。是巧舌鸟蹲在窗玻璃外面，用嘴啄着，要引起我们的注意。

我奔过去，把舱门打开，巧舌鸟径直飞向休息舱。我跟在它后面走，只见它飞得摇摇晃晃，接着又落到地上，一瘸一拐地往前走。包洛思柯夫打开休息舱的门，一见鸟就说："哎呀，真可怜，你准遇上什么麻烦了！"

巧舌鸟出人意料地回答："难以支持了！很快就能得到救助吗？"

"这是第二船长的嗓音，"阿丽萨说，"它见着第二船长了！"

"阿丽萨，"我说，"这话也可能是第二船长在四年前说的呀。你是知道巧舌鸟记性极好的。"

"不，"阿丽萨坚持说，"它见着第二船长了，咱们赶快再到那块草地上去。"

"不，现在可不行，"包洛思柯夫回答，"我已经迈不开双脚了。你一个小女孩，比我累十倍。何况，我们去过的地方，没有什么船长。"

"那就是说，应该在十米以外找找，"阿丽萨固执己见，"如果你们不去，我一个人去！"

"你先去睡个够，"我一本正经地说，"然后，我们大家一块儿再到老地方去。反正我答应过，在找到第二船长之前……或者在确信他不在这个星球以前，咱们决不离开。"

▋情境赏析▋

在这个"花的星球"，"我们"发现了一种特殊的镜面花，同时发现了它奇妙的功能——像一台摄像机。失而复返的巧舌鸟似乎也带来了第二船长的消息，似乎第二船长处境更加艰难，已难以支持了。

第十七章

镜面花上的秘密正要揭开时，却出现了意外。

夜已过，晨曦初露，明亮的阳光照耀着休息舱，阿丽萨瞧瞧插在花瓶里的镜面花，说："你们看，没有我了。"

昨晚镜面映现着阿丽萨及草地，此刻人影全无。我们看着这朵镜面花的时候，所有花朵的镜面上，呈露着的草地在慢慢变暗淡，像黄昏来临的样子。接着镜面上开始发亮。这种情景太奇特了，大家的目光没有一刻从镜面上移开过，原来，镜面花拍摄着草地上的一切。如今正在给我们展示放映呢。

"太有意思了，这种花的寿命是多长呢？"包洛思柯夫边想边说。

"几天时间吧，"我回答，"凡是鲜花都差不多。"

忽然，我们看见镜面花上呈露出那只很像兔子的小动物。它从矮树丛里跳出，跑到花朵跟前。

"哦，它跳起来是屁股在前的！"阿丽萨诧异地喊叫。

小动物跑向镜面花，确实是臀部在前。接着，它在花朵面前站了一会儿，然后以同样怪异的方式返回矮树丛。

"电影乱放喽，"阿丽萨大笑起来，"放映员笨手笨脚！换片子吧！"

"不，"包洛思柯夫说，"这和乱放电影不一样，这种花拥有的不仅仅是一些镜面，而且是一些在接连不断拍摄的镜面。只要镜面上有新的膜层增生出来，它们就能够不断拍摄。一个映像刚印在镜面上，新的膜层就把它遮掩了。千层万层，如此周而复始。一旦花朵被剪下，它就无法继续生长出新的膜层，于是，镜面上的膜层开始脱落——一层接一层地脱落。这样，镜面所拍摄的情景我们就可以看到了。不过是倒过来的，仿佛倒着放电影。明白吗？"

"完全可能是这样，"我表示赞同，"一种十分有意思的花。不过咱们得行动了。让包洛思柯夫准备放飞金属探查机，我要乘越野车到那块草地上去看草地周围有没有出事飞船'蓝海鸥号'的踪迹。"

"爸爸，我跟你去，"阿丽萨说，"咱们把巧舌鸟也带上。"

我同意阿丽萨的请求，然后去准备越野车，阿丽萨还在休息舱里兴致勃勃地欣赏那倒放的电影。

不一会儿，她招呼我："爸爸，快到这儿来！快点儿来呀！要不他们就跑掉了。"

我跑到阿丽萨跟前，只见所有的镜面上，展呈出一片草地，有两个人站在草地的中央，是胖子和维尔浩夫采夫博士。矮树丛后面，还露出一艘高速宇宙飞船尖形的前端。胖子和维尔浩夫采夫在争论着什么。然后，两人臀部在前，走开了。

"他们就在这里的某个地方，"阿丽萨说，"他们没想到镜面花会使他们曝光。"

"你说的有些合理，"我回答，"但是为什么？为什么呢？"

"什么为什么呀？"

"他们多半也不知道第二船长在哪里。否则，他们干吗跟踪追击巧舌鸟呢？"

"第二船长已经落入他们的魔掌，所以他们怕别人知道这一点——会不会是这样呢？他们抓住第二船长，关进监狱，巧舌鸟却飞掉了，他们就胆战心惊啦。"

"可人家为什么要把第二船长关进监狱呢？阿丽萨，你真是个瞎想乱猜的小女孩！"

"那你什么也不干吗？一切就随它去吗？"

"不，"我回答，"听之任之是最无能的表现。"

我凑向通话器，说："包洛思柯夫、泽廖内，刚才我和阿丽萨在镜面花上看到了胖子和维尔浩夫采夫。这表明，至少在我们抵达的前一天，他们是在这儿。他们是驾驶着高速飞船到来的。这个问题，你们有什么意见？我要改变行动计划。"

包洛思柯夫表示赞同，但他又开始忧心，并劝我们离开，他讲得也在理，不过他总是夸大困难和危险。

最后大家还是下定决心留下来救助第二船长。于是我们想再看看镜面花，看能不能得到别的信息。可镜面上什么也没有。不能这么空等下去，我和阿丽萨终于登上越野车，到那块草地的周围转了一圈。我们仅仅在土山后面发现了飞船降落的痕迹。那里的草，被制动器灼焦，一条狭窄的小径穿过矮树丛，伸入草地。

中午，我们回到休息舱，看到泽廖内一手抚弄红胡子，一手拿着微波手术刀站在镜面花跟前，一副若有所思的样子。我问他怎么了，原来他还是关心镜面花的寿命。

泽廖内还是怀疑："这些花会不会有好多年的寿命呢？会不会它们年复一年，拍下了周围的一切呢？瞧瞧，每一片厚达 6 厘米，而且非常紧密坚实。放在我们这儿的两天当中，看不出它们变薄了多少。阿丽萨，我拿一朵镜面花做个剥离手术，好吗？"

阿丽萨满口答应了，泽廖内便开始对镜面花施行精细的手术。变色圆球兽由于感到好奇而变成白色，那些小棍儿似的脚迈开步子，悄然无声地从角落里出来，走到近前。

泽廖内把一片膜层剥离下来，放到桌子上。在几秒钟内，镜面上乌漆墨黑，一会儿，镜面忽然明亮起来，它映现出微风吹拂的阴天景象。

"估计得一点儿不错！"阿丽萨说，"这是很久以前的情景！"

"但是怎样才能算出日期呢？"我边想边说，"我们根本不知道一天相当于多少厚度啊。"

泽廖内并不听我们说，他把微波刀横插进镜面，一下子揭起上面半厘米厚的一层。这一片膜层平平地舒展着，泽廖内小心翼翼地剥离膜层。我们观察稍稍薄了点儿的镜面花。镜面上清晰了些，依旧是那块草地，只不过草成了褐色，矮树丛萎蔫了，尚未凋落的叶子也黄黄的。没有蝴蝶、没有蜜蜂——萧瑟、凄清。从阴沉的天空飘下稀疏的雪，雪花没有落地，便在草茎上面融化了。

"秋天。"阿丽萨说。

"秋天。"泽廖内同意。他把放大镜凑近镜面："肉眼看不清，但能看到的话一定很有趣。"这不，雪花出现在枝叶草茎上，然后飞上天空。我们大家轮流着观赏这奇景，变色圆球兽也好奇，它惊讶得成了浅绿色。

"从秋天到现在有多久了？"泽廖内问我。

"现在是夏天，"我说，"这里的一年，相当于地球上的 14 个月多一点。也就是说，恰好是我们的一年。"

泽廖内听了我的话之后，取出测微计，想算出镜面的厚度，然后推知年月。这期间，我瞥见钻石小龟慌里慌张地朝实验室的门口爬去，这讨厌东西又从保险箱里溜出来了。我本打算去撵它，可转念一想，泽廖内正要从镜面上剥离"四年"，这个时刻不容错过啊。

包洛思柯夫通过无线电问我们的情况，他仍在检修金属探查机。

得知我们一切顺利，他说要亲自驾驶探查机出去才能放心。

泽廖内第三次从镜面上剥离膜层。这次是相当厚的一片，他小心地夹在手里，镜面久久地不愿意发亮，过了好长一段时间，终于有景象显露。这时候，我们才明白，当时的这块草地和我们现在看见的大不相同。中间圆形的一块，现在长满了草的地方，光溜溜、灰扑扑，仿佛一座巨大地下库房的混凝土顶盖。在顶盖和周围的土地之间，细看甚至可以发现一道圆形的缝隙。

"看哪！"阿丽萨欢叫，"这是草地的本来面貌！"

"现在小心，"我说，"主要是别剥离过多。"

然而，在最关键的时刻，急不可耐而变得通体透明的变色圆球兽无意中撞了一下泽廖内的胳膊。微波刀在平面上一滑，深深地扎了进去，镜面破碎了，从桌子上掉到地板上，一切都前功尽弃了。

变色圆球兽羞愧得缩小了一半，渐渐发黑。它简直唯求一死。它在实验室里乱跑，用小棍儿般的脚轻轻触碰火冒三丈的泽廖内，最后扑倒在地板上，浑身变得漆黑一团。

"别难受，"阿丽萨劝慰可怜巴巴的变色圆球兽，"谁都可能出意外的，我们知道你没什么过错。"

泽廖内还在臭骂变色圆球兽。阿丽萨对他说："泽廖内伯伯，请不要这样！变色圆球兽非常多愁善感，它会难受得死去的。"

"这倒也是，"我帮女儿说话，"你自己也说了咱们还有整整一束花呢。""好吧。"泽廖内被说服了，他这人容易生气，但总地来讲并不凶狠。"可惜浪费了这么多时间。说不定留给我们猜破第二船长之谜的时间只剩下了一分钟。"

变色圆球兽一听这话，蜷缩得更紧了。我们返回休息舱。变色圆球兽摇摇晃晃地跟在后面，全身仍然黑糊糊的。

在休息舱门口，我们惊呆了：两只花瓶翻倒在地上，花朵被什么凶神恶煞扯碎、踩踏，彻底毁坏了，连一个完整的镜面也不剩，花瓣被抛得满屋子都是。

巧舌鸟的踪影也不见了，真是雪上加霜。

‖ 情境赏析 ‖

就在"我们"揭开镜面花摄像的秘密，并从中捕捉到胖子和维尔浩夫采夫博士的踪迹，看似解开一切谜题的关键时刻，却发现镜面花突然被破坏了，这个时候，变色圆球兽嫌疑最大，可是看它多愁善感、难受得要死的样子，似乎又不像，留给"我们"的谜团更深了，而且糟糕的是，巧舌鸟也不见了，内部的奸细还不好找。

第十八章

"飞马号"上出现了间谍，这个间谍竟然是……

看来，一切线索似乎又中断了。

镜面花被彻底捣毁，双嘴巧舌鸟不知去向，我们白忙了一场。救助第二船长的线索被中断了。我呼叫包洛思柯夫："我们这里出现了麻烦，你现在在哪里？"

"我正在星球的北极上空，暂时还没有发现什么，你们那里出什么事了？"包洛思柯夫回答。

"现在没时间详细讲。总之，我们从镜面花那儿几乎要了解到这里四年前的情况了，但最关键的时刻，有人毁坏了所有的镜面。我们此刻急需镜面花，你飞到草地那儿要多少时间？"

"20分钟，"包洛思柯夫说，"但是，还需要同样的一段时间，我才能着陆。"

"那就不劳驾你了，"我说，"你继续飞行吧。"

看来，敌人就要采取行动了。

"我的看法不同，"包洛思柯夫回答，"我这就回到'飞马号'跟前来。既然会有人捣毁镜面花，可见有敌人或者在飞船上，或者在飞船旁活动。我没赶到以前，你们别采取行动。"

"好吧。"我同意。我把通话器挂回原处，阿丽萨说要赶快到草地那儿去摘些镜面花。

泽廖内也表示："我驾着越野车去，不会出什么事儿。我当场剥离了'四年'，就向你们报告。"

"我跟着泽廖内叔叔一块儿去。"阿丽萨说。

"你们都别着急，"我反对，"咱们等一等包洛思柯夫。他有小快艇。咱们乘小快艇飞往那块草地，比驾驶越野车快得多。何况，咱们现在以不分散为好。现在得查看一下，那个捣毁镜面花的人是怎样潜入飞船的。"

我朝船舱门口走去，如果舱门紧闭，那蓄意破坏者是隐藏在"飞马号"上的；如果舱门敞开，那曾有人闯入"飞马号"，进行破坏后又跑掉了。我不太相信是后面这种情况。试想这人专为捣毁所有的镜面花，是在什么时候潜入飞船，钻进休息舱的呢？事情为什么恰恰是在我们观看四年前情景的时刻发生呢？他怎么知道的？所以，我认定，这个恶棍是潜伏在飞船上，知道我们立刻要揭开第二船长之谜。此人应该是看到我们怎么工作的……可这是谁呢？在实验室里的是泽廖内、阿丽萨和我。如果不算变色圆球兽……哦，变色圆球兽！它撞了泽廖内的胳膊肘儿！……不，不可能。变色圆球兽虽然感觉十分灵敏，但它毕竟只是一只动物而已，它连话也不会说。或许，它不喜欢镜面花？

这时候，我来到了飞船舱门跟前，看见舱门大开着。我的所有论据轰然倒塌。其实只要我再稍稍往深里想想，就会记起变色圆球兽和我们形影不离，它不可能

排比句。分析了蓄意破坏者的两种可能情况。

大部分可能都被排除了，那么究竟是谁干的坏事？

捣毁休息舱里的镜面花。

　　舱门敞开着，神秘的歹徒离开飞船，还把珍贵的巧舌鸟带走了。我望望天空，还看不见包洛思柯夫，倒是看见巨鸟克罗克正在高高飞翔。

　　突然，我听见熟悉的声音："来帮忙哪，船长们！向前走就是，我们在那儿大干。"

　　"巧舌鸟，你在哪儿？"我喊叫，"你需要帮忙吗？我这就来！"

　　"三个坦克手。"矮树丛里传出歌声，是巧舌鸟用第二船长的嗓音唱的，"三个快乐的朋友——三位一体好战斗！"

　　我循着歌声跑去，拨开矮树丛，看到了巧舌鸟。巧舌鸟正用嘴、用脚、用翅膀，又推又撬，使得笨重的钻石小龟朝前翻滚。同时，它用另一张空闲的嘴唱歌求援。

　　"真要谢谢你！"我说，"谢谢啦！不知道你又跑到哪儿去，我们已经担心了。"

　　巧舌鸟自豪地挺挺胸脯，仔细地叠好翅膀。我把钻石小龟捡起来，返回飞船，巧舌鸟慢慢走在后面，一副很神气的模样。

　　阿丽萨和泽廖内在走廊里遇上了我们，我对他们说："咱们的巧舌鸟原来是只聪明鸟，它发现钻石小龟要溜出去玩，就撵上它，带回来。瞧，这钻石小龟准是吓坏了！"

　　钻石小龟用脚爪乱蹬乱踢，竭力要从我手里挣脱出去。

　　"小龟怎么能逃出去呢?"阿丽萨感到疑惑不解,"飞船的舱门明明锁着。"

　　"没什么奇怪的,"我回答,"是那个捣毁镜面花的人开的舱门。"

　　"可那个人怎么会有飞船舱门的钥匙呢?再说,开启'飞马号'舱的电子钥匙平常是挂在休息舱里的呀。"

　　"这个谜团连福尔摩斯也被难倒。"泽廖内说。

　　"我倒能揭开,"阿丽萨接茬儿,"我知道了,谜底就在钻石小龟上,瞧瞧它嘴里藏着什么。"

　　我一看,小龟的脑袋缩在甲壳里面,"飞马号"舱门的钥匙末端露在外面。我拉那钥匙。小龟拼命咬住钥匙,挣扎着,我使了很大劲儿,才把钥匙夺到手。小龟的体内"咔嚓"一响,它那镶满细小钻石的爪子便从甲壳里探出,毫无生气地悬在那儿了。

　　"把这小龟给我吧,"泽廖内说,"咱们瞧瞧,它怎么会发出响声的。"

　　我还是弄不懂出了什么事儿,把奇怪的小龟交给机械师,然后把钥匙挂在原处。泽廖内掏出螺丝刀,从各个角度把小龟查看了一遍,然后把螺丝刀插进甲壳底下。甲壳"咔嚓"一响,掉到旁边去了。于是,下面呈露出密密麻麻的集成电路板、网状记忆构件、原子电池组——原来,钻石小龟是一只制作精良的微型机器龟……

　　"现在明白了,它为什么这样灵敏好动,"阿丽萨说,"一忽儿企图往机房里钻,一忽儿跟着咱们跑。爸爸,你回想一下,咱们说着重要事情的时候,它老在脚

悲观主义者的比喻恰到好处,说明这个问题的解决难度。

阿丽萨细致的思考问题方式又帮了忙。想想看,阿丽萨能做到这些是偶然的吗?

边转来转去的呀。"

"机械的奇迹，"泽廖内赞叹，"这儿有无线电发射装置，甚至还有微型引力设备。"

"这表明，胖子监听了咱们的每一句话。"我说。

罪魁祸首终于真相大白了。

"没错儿，就是胖子！"阿丽萨回忆起来，"他把小龟当礼物送给了我们。"

"当时他是那么坚决要把小龟送给我们动物园，我不便拒绝他。"

这些坏家伙真是费尽心机。

"他没送给动物园一颗延时地雷，还算不幸中之大幸呵，"泽廖内阴沉着脸说，"这是一个间谍。正是它，在实验室里听见我们找到了查看过去的方法，然后接受了破坏我们工作的指令。因此，它潜入休息舱，捣毁全部所剩的镜面花。我还敢打赌，那块草地上现在也找不到一朵花了，小龟的主子抢先一步毁掉它们了。"

"不错，"阿丽萨说，"后来小龟叼住飞船舱门的钥匙，逃跑了。"

一个接一个的疑团。

"现在我们要弄清楚小龟突然从'飞马号'逃离的原因。"泽廖内说。

"它履行完了任务，到该跑的时候了。"我说。

"可咱们丝毫没有怀疑到它嘛。它完全可以在脚边转来转去，把咱们的谈话转发给它的主子，但是它突然逃跑了。"

大家明白为什么同伴们都把泽廖内称为悲观主义者的原因了吧？

"大概，别的地方现在更需要它吧？"

"不见得，"泽廖内说，"我认为并非如此。最大的可能是它在飞船里埋下延时地雷，咱们随时都会血肉横飞。我建议立刻撤离飞船。"

"慢着，"我拦住泽廖内，"他们如果要炸死我们，早就可以下手的。"

走廊里响起急促的脚步声，包洛思柯夫奔进了休息舱，他一眼就看到桌子上被拆卸的小龟，所以几乎什么也用不着向他解释。

"这样看来，他们还在星球上，"包洛思柯夫说，"没有他们下达命令，小龟不会捣毁镜面花的，这只是一只机器龟而已。"

"他们命令埋下地雷，"泽廖内又一次说，"然后让它逃走。"

唉！这位大叔的悲观劲儿又上来啦。

"胡扯！炸了飞船，他们还要钥匙有什么用？"船长说。

"没用了呀，应该猜到，小龟不可能埋下任何地雷。它要埋，什么时候去取的地雷呢？"阿丽萨说，"还是咱们船长聪明！"

"这也问得对，"包洛思柯夫说，"不过这一点现在并不重要了。胖子和维尔浩夫采夫怀疑咱们猜出了第二船长之谜，因此他们会决定到'飞马号'上来拜访咱们。暗着来还是明着来，我说不准，反正咱们得等待客人。准备迎接他们的到来吧。"

"可草地上那些镜面花究竟怎样了？其实，咱们还什么也没有了解到。"

如果没有了镜面花,他们还能不能找到问题的答案呢?

▌情境赏析▌

在"奸细"做案之后欲逃走时,聪明的巧舌鸟抓住了那个小间谍——钻石小龟,真相大白了。胖子他们为了做坏事、达成他们不可告人的目的,看来是费尽心机,竟然早早就派出了一个高科技的间谍潜伏在"我们"的飞船上。他们煞费苦心阻挠"我们"找到第二船长,似乎还有更大的阴谋隐藏在里面。

▌名家点评▌

季尔·布雷乔夫的作品具有经典性,他根据文学的规律,将科学所能展现的未来转换成弥漫的视觉空间,一层层地将读者包围……

——吴岩

第十九章

"飞马号"坠入敌人的陷阱，第二船长及"蓝海鸥号"出现。

出于安全考虑，包洛思柯夫决定把"飞马号"停到那块草地上去。"飞马号"正准备起飞，但当包洛思柯夫还没来得及下令，另外一艘宇宙飞船便降落在我们附近，震得树木摇晃、大地颤抖，但不知来者何人。我们目不转睛地瞧着林木那边。树丛上方，露出一艘飞船的前端，有人从舷梯下来，跑着穿过矮树丛。矮树丛被拨开，跑出一个人，来到了"飞马号"前面的小平场上。此人身穿密封宇航服，只是没戴头盔，腰带上挂着手枪。他把手一扬，示意我们不要起飞。就在这当儿，我们全认出了他——没戴着礼帽的维尔浩夫采夫博士。包洛思柯夫一声令下起飞，我们的飞船立即执行，略一晃动，发动机便轰响起来。

于是，我们加速、升空，"飞马号"在小平场上空一闪而过。维尔浩夫采夫博士往后倒退，躲进矮树丛。他挥动双手，非常恼火的样子。

飞船对准那块草地的方向俯冲，我们的敌人立刻变成了小蚂蚁。我还看出，他急急忙忙地朝着自己的飞船跑去。

"这下咱们赢得了时间。"包洛思柯夫说，"他们登上自己的飞船，打开射击口，让发动机运转，要花半个小时。咱们必须利用这半个小时找到第二船长，这是很艰巨的任务。"

圆形的草地已经呈现在我们下方。包洛思柯夫小心翼翼，要让"飞马号"在草地正中着陆。当我们在降落的时候，我发现了许多小小的发光点，仿佛草地周围有霜花在闪闪烁烁。等到接近地面，我才看清，这些不是霜花，而是被捣毁的镜面花碎片。我们估计得没错儿——敌人先下手，毁掉了所有的镜面花。

"飞马号"降落到草地上，放下缓冲器，阿丽萨头一个解开安全带。她急着要跑到草地上去。正在这时候，"飞马号"震颤一下，失去了平衡，阿丽萨便朝着舱壁滚去，接着是撞击，再一次撞击，传来缓冲器的断裂声——我们的飞船陷入了情况不明的深渊。我要解开安全带，去找到阿丽萨，不料又是一次撞击。这最后的撞击把我震晕了，等我清醒过来，我们的飞船已经倾斜着，停在一团漆黑中，四周静得出奇。

"阿丽萨，"我慌忙一边解安全带一边喊道："阿丽萨，你怎么样？"

"还好，"阿丽萨口气平静地回答，"稍微有点儿碰疼了。"

泽廖内的声音从远处传来："包洛思柯夫，你把我们降落在什么地方？这下咱们永远出不去喽。"

"你活得挺好吧？"包洛思柯夫问。

"挺好，"泽廖内说，"咱们到底陷到什么地方了？从山上滚下来了吗？"

"比这更糟。"包洛思柯夫回答，同时启亮了驾驶台的应急照明设备。我们发现飞船陷入了地下。

到了这时候，我才意识到自己的过失。我应当事先提醒包洛思柯夫，告诉他我们在镜面花上看到过什么。

"我真是搞糊涂了,"我发自肺腑地说,"四年前的镜面上,草地明明是大块混凝土地面!"

"什么地面?"包洛思柯夫问。

我给他讲述,四年前的草地并不长草,那是一块混凝土的地面。在它的周围,甚至还能看出一道圆形的缝隙。

"早知如此,决不能降落。"包洛思柯夫难过地说。

但是他善于克制自己,并安慰了大家。于是他吩咐泽廖内到小储藏室去取些电筒,检查机房里损坏的程度。包洛思柯夫按下各种键钮,了解"飞马号"上众多仪器的情况。经过检测,飞船损坏不是很严重,这使他安心多了。不过,有一只缓冲器断裂了。因此,有必要到外面去看看该怎样修理。包洛思柯夫要我们全留在飞船上,他一个人去。但是大家都不同意,都要去,于是我们就全部来到船舱门口。

"真是怪事!"包洛思柯夫拉开门说,"如果我们是坠入一个大坑,那么上面应该有天光,这里却是一片漆黑。"

"也许咱们摔到了非常深的大坑里吧。"阿丽萨说。

"不,如果很深,缓冲器不会只损坏一只。大坑并不深。"

包洛思柯夫打开舱门,外面依旧漆黑一片。他从泽廖内手中接过电筒,向前方照去,外面漆黑一片。估计我们陷入的这个大坑非常宽阔。包洛思柯夫放下舷梯,往下走去。

我们跟他来到下面,包洛思柯夫绕着飞船,查看缓冲器损坏得有多严重。趁这时候,我把电筒光朝上面照去。果然很快就发现:上面有一道细细的缝隙,呈圆形,勾勒出混凝土顶盖的轮廓。我们着陆的时候,顶盖敞开;等我们坠落到底下,它又立刻闭合了。

我用电筒光照亮前方,从另一边绕着飞船走一圈,想去那边瞧瞧。

阿丽萨也要和我一起去,她手里拿着一只电筒跑到我跟前。我们走了二十来步，突然发现，在这个大坑里，除了我们之外，还停着一艘宇宙飞船。我们走得近些，阿丽萨念出了飞船的名字"蓝海鸥号"。

"包洛思柯夫！"我大声喊，"包洛思柯夫！泽廖内！我们找到第二船长了！"

包洛思柯夫和泽廖内朝我们奔来，"在哪儿？"他俩异口同声问道。

"蓝海鸥号"飞船矗立在我们面前，由于多年来积满了灰尘，飞船显得暗淡无光。它毫无生气，仿佛已被人们遗弃，舱门上还挂着一把大锁。

"瞧，飞船显然出了意外。"我说。

包洛思柯夫严肃地说："我建议进入'蓝海鸥号'去看一看。既然我们发现了它，就应当有始有终。"

"可是舱门关着，"我说，"也没有舷梯。"

突然，我们的头顶上闪出明亮的光，刺得大家都不由眯起两眼。等到睁开眼睛，我们发现一张大网罩在高高的顶盖上。转瞬间，我们已经身陷网内，如同几只小鸟。我们竭力想挣脱出去，手抓脚蹬，却互相妨碍着。这时候，上面传来很响的声音："别白费力气了！你们被俘了！"

我用手挡住强光，循声望去。阔大洞穴的地面上，有两个人正在走来，是诨名嘻嘻哈的胖子和戴上礼帽的维尔浩夫采夫博士。他们手里握着枪，对着我们。还有两个身穿黑色皮制服的人，从另一边向我们靠近。

"放下武器！"胖子吆喝，"喂！听到没有？"

"听他的吧。"我低声对包洛思柯夫说，只有他身边带着一支枪。

包洛思柯夫把枪从皮套子里拔出，扔到地上，"铛"的一响。大网升上去了。趁着敌人尚未逼到跟前，我利用这几秒钟时间四下环顾。我们的"飞马号"所坠入的陷阱，是个宽阔而不高的洞穴。两艘飞船——"飞马号"和"蓝海鸥号"停在里面，互相隔着一定的距离。我看看自己的旅伴们，包洛思柯夫望着步步逼近的敌人，嘴唇抿成一条细线。泽廖内紧握拳头，站得能用脊背遮住阿丽萨。阿丽萨依偎在我身边。变色圆球兽吓得发黄，从另一边紧靠着我的脚。

"一群可爱的鸽子，你们到底落网了，真是好极了。"嘻嘻哈说。他说话语气不凶狠，甚至还带着笑容。维尔浩夫采夫则不同，他居然来得及改了装——脱掉密封宇航服，戴上礼帽。只见他脸色死灰，两眼茫然，宛如一副假面具。

阿丽萨从我身边走出半步，我问她上哪儿。"我在这儿。"她低声回答。

两个穿黑制服的人竖眉瞪眼地监视着我们。这时候，维尔浩夫采夫在胖子的授意下逼近我们，捡起船长的手枪。然后，他那冰凉的双手迅速地搜了我们的身体。

"可以放心，"他轻轻地说，"他们没有武器了。"

"他们哪来的武器哟，"胖子嘿嘿冷笑，"他们是扑蝴蝶的，稀里糊涂，自己扑进了罗网，就跟这位一样。"嘻嘻哈伸出一只粗而短的手指头，朝"蓝海鸥号"那边指指。"自己扑进罗网的！谁也没有召唤他们！"胖子说完哈哈大笑，然后命令把我们统统铐上！

一个黑衣人取出一串亮闪闪的手铐："教授，怎么样？不愿意交出巧舌鸟吗？"

"不愿意。"我坚定地回答。

明摆着，胖子坚持需要巧舌鸟。他又对维尔浩夫采夫说："去搜查'飞马号'。"

接着，他再次朝我转过身来，说："教授，你要为你的行为受到严厉的惩罚。我的助手会动手的，不过不是此刻……给他们铐上。绝不能相信他们！"

一个黑衣人走到我面前，"咔嚓"一声，把我的双手铐住了，接着手铐戴在了泽廖内的双手上。

"下一个！给小丫头铐上！"胖子吆喝。他东张西望着，"小丫头呢？"

可哪儿也没有阿丽萨的影子。

▌情境赏析▐

"我们"扑进了强盗们精心设计的罗网，镜面花也全被他们捣毁，强盗们全部出现了，他们是蓄谋已久的。不过也有好消息，在坠入大坑后，我们发现了"蓝海鸥号"，可能第二船长就在里面。通过之前从镜面花上了解到的，这个大坑 4 年前是不存在的，更加证实了胖子他们一伙强盗是预谋了很长时间的，看来第二船长身上的秘密更加不简单。

"飞马号"的乘员成了俘虏，在大坑中受到严重威胁，在紧要关头，阿丽萨和第一船长出现了。

"小丫头哪儿去了?"嘻嘻哈跑过来蹿过去，他脸上的笑容顿时全无。

"什么样的小丫头?"一个黑衣人问。

"就在这儿的小丫头!"胖子嚷嚷，"她叫……叫什么来着?"他从口袋里掏出记事本，一字一顿地念道："阿、丽、萨。阿丽萨呢?"这次他瞧着我。

"哪个阿丽萨?"我尽量平静地反问。其实，这时我也在绞尽脑汁地思索，她能跑到哪儿去。我们站的地方不隐蔽，躲也没处躲呀。

"小丫头刚才还在，"胖子坚持己见，"我看见她了。你看见了吗?"他问维尔浩夫采夫。博士垂着双手站在那儿，仿佛睁着两眼睡觉。

到"飞马号"去捉巧舌鸟的黑衣人回来了。他抓住鸟脚，倒拖着，巧舌鸟的脑袋晃动着，几乎碰到地面。

"啊，终于搜到了，"胖子喜形于色，"把它的脑袋拧下来。"

"绝对不行!"我怒不可遏，"绝不允许拧巧舌鸟的脑袋! 这可能是世界上最后一只巧舌鸟!"

变色圆球兽愤恨得成了蓝色，挪动细腿，扑向巧舌鸟，作势要去解救它。嘻嘻哈看到了，纵声大笑。"你往哪儿跑？"他说，一闪身子，伸脚对变色圆球兽使个绊，变色圆球兽跌倒了，恼得它变成了黑色。

"哎，"胖子说，"你干吗磨磨蹭蹭？咱们再也不需要巧舌鸟了，把它的脑袋拧下来！"

我不晓得巧舌鸟是否听懂了胖子的话，它在黑衣人的手里扑腾起来，用我们不熟悉的嗓音说："巧舌鸟是一种非常罕见和令人感兴趣的生物，受到勃鲁克星球法律的保护。捕捉巧舌鸟是不允许的，违反这条规定将受惩处，并会激起公愤。"

"叫你拧断它的脖子！"嘻嘻哈咆哮起来。

黑衣人把巧舌鸟的双脚提高些，要去抓它的脖子，手刚伸出去，就意外地失去平衡，摔倒在地上，放开了巧舌鸟。巧舌鸟飞扑着翻个身，朝上面的顶盖冲去。

"开枪！"胖子见此情形一边大喊，一边拔枪。

枪声连连响起，有一两颗子弹几乎击中巧舌鸟，但它躲闪开了，朝着阔大空间没被照亮的一端飞去。两个黑衣人都拔腿要追巧舌鸟，可是嘻嘻哈叫住他们："现在哪儿还追得上！没用的东西，一只鸟都看不住！你怎么会突然摔了一跤的？"

"我不是摔了一跤，"黑衣人说，"是让人撞倒的。"

"闭嘴！"胖子大为恼怒，"你再瞎编胡说，我来撞你一下，你别想站得起来！追嘛是不必了，它反正会迷失在地道里。咱们时间很紧迫，得干别的。"

胖子转过身去，冲着"蓝海鸥号"飞船问话，好像飞船会说话似的："你听见我的话了吗？"

飞船一片沉默。

"不回答也罢，"胖子说，"也不需要你回答喽，反正我知道你能听见我们的谈话。你应该知道我为什么把'飞马号'弄到这里来。我把它弄来，是为了让你马上投降。"

嘻嘻哈朝"蓝海鸥号"走去。走近一些，他继续说："四年了，你不投降。四年中，你一直盼着你的朋友来救你。四年来，你希望你那该死的巧舌鸟飞抵金星。我只当你会这样困死在自己的囚笼里，不过今天情况起了根本变化。今天你会开启飞船的舱门，把理应归我的东西交给我。第二船长，你听见我的话了吗？"

没有谁搭理胖子，他歇了口气。"小丫头在哪儿？"他喃喃自语，"我很需要这个小丫头。"

维尔浩夫采夫博士站在稍远处，眼睛望着地面。另外两个黑衣喽啰，稍微拉开些距离，在一旁握着枪，随时准备射击。

"第二船长，我知道你能听见我的话，"嘻嘻哈重新开始说，"你一直蜷缩在自己的小窝里避难，现在朝舷窗外看看吧。在你面前的是三个地球人：一个是呆头呆脑的教授，另外两个是沉默寡言的船长和红胡子傻瓜机械师。"

"你同我作梗已有多年，"胖子注视着"蓝海鸥号"继续说，"然而今天是我的节日。今天你会把分子式交给我。你听得见吧……你不做声，在打主意，"胖子换了一种口气，轻轻地说，"这会儿我们能逼你交出来。不过很可惜，小丫头不知藏到哪儿去了。对付小丫头要容易得多。"

他擦擦汗津津的前额，继续道："船长，限你三分钟内把舱门打开，交出分子式，否则，这些俘虏会全部被杀光，而且不是一下子杀光。我不会让他们简简单单地死去，首先是这个呆头呆脑的教授，我要割下他的两只耳朵。我最痛恨他拒绝把巧舌鸟交给我。接着，我们……"

"且慢，胖强盗，"突然响起第二船长的喊声。这嗓音我们很熟悉，听到过许多次了——巧舌鸟模仿得确实逼真。

"早该开口啦。"嘻嘻哈说。

"天网恢恢，你在银河系里反正逃不了，"第二船长继续说，"无论你躲藏在哪里，迟早会被捕获，最好听从我的劝告——投降吧……"

"住口！"胖子打断他，"这种样子，咱们可谈不拢。由于你作对，由于你的伙伴们作对，我已经差不多丢失了一切。最后一件东西，我绝不会让你留着。旮拉克基必将属于我！"

我们不太明白他们的这番谈话，不过有一点显而易见：第二船长那里有件什么东西，是胖子所梦寐以求的。可是他得不着，夺不到。"旮拉克基"是什么意思，我无从猜测。以前我从来没听到过这个词儿。"蓝海鸥号"的船长不愿意交出旮拉克基。

"咱们别浪费时间，"胖子说，"说吧，交不交出旮拉克基分子式？"

"我得跟这些人谈谈。"第二船长表示。

"不行，"胖子一口拒绝，"不准你跟他们谈话。否则，你准会出什么花样。赶快把旮拉克基分子式交给我。我保证还你和这几个地球人自由，如果我的话你不照办，那么你将听着他们的惨叫而心惊肉跳。"

"胖子，你不会得逞，"第二船长说，"四年来你已经挖空心思，想尽办法要从我这儿夺走超级燃料，结果却一无所获，今天也休想得逞。我要炸毁'蓝海鸥号'。我自己牺牲，可你也得不到旮拉克基。你一获得超级燃料，灾难就将降临。"

"这倒也是，"嘻嘻哈说，"如果你以为炸毁了'蓝海鸥号'就能救教授和他这伙人，那你就错了。我以黑烟雾神的名义向你发誓，他们是死定了。"

"即使如此，我仍然应该把一切情况讲给这些人听听。我从前跟他们没见过面，但是既然他们成了你的俘虏，可见他们是好人。你们不妨瞧瞧，他们听完我的叙述将会说些什么。"

"不行！"胖子大喊。

"闭嘴，"第二船长沉稳地说，"你着什么急呢？你要把自己的恐吓化为行动，有的是时间嘛。"

"让他说吧，"维尔浩夫采夫博士忽然开口了，"反正他看到了巧舌鸟是在他们的飞船上。让他说，这救不了他和这一伙人的。"

胖子摆摆手："好吧。"

"教授，你们听我说吧，我们早先是三个船长在一起。许多年前，我们得知银河系内出现强盗。这些强盗抢劫金银财宝，而且要夺取政权，妄想成为银河系的主宰。这些宇宙强盗袭击特利河塔星球，后来，他们占领另一个星球，把当地的居民变为奴隶——这时候，我们就追击这些强盗。他们在那里秘密地着手建造宇宙巡逻战舰，企图袭击载货飞船。"

"你们使我们上了大当。"胖子不服气地嘟哝。

维尔浩夫采夫把手一挥："让他说，他可以说的时间不多了。"

等两个强盗住了嘴，第二船长继续说："是这样的，有两个宇宙强盗从我们手里逃脱，几年来，他们藏匿在此地，远离宇宙飞船的航线，大家渐渐忘记了当年的强盗。但他们没有忘记，而且并没有放弃原先的野心。首先，他们要向我们三船长报仇。一年年过去，我们三个船长分手了：第一船长飞往金星；第三船长决定飞抵邻近的银河系；我从事科学研究。后来有一天，我收到第三船长的来电，他通知我他考察归来了。电文令人愕然，因为谁也没料到他这么快就返回。我的朋友要求我到银河系边缘去接他，因为他有个十分重要的新情况得告诉我。于是我抛开一切工作，赶去接他。"

"可他不知道，我们截获电报，得知了一切。"胖子擦着巴掌，嘻嘻地笑着。

"对，"第二船长说，"他们截获了第三船长的电报，那是因为他们藏身的星球，正是我和我的朋友赶去会面的那个星球。我的朋友正身患重病，他担心回不到地球或他的故乡。而他这次返回，是带着极重要的消息。邻近的银河系居民送给他一份沓拉克基分子式，这是一种超级燃料。只要造一艘飞船，配备能使用这种超级燃料的发动机，那么飞船的航速和本银河系内的任何一艘快速飞船相比，都要高出 100 倍。星球间的距离将会变近，仿佛相邻的城市。那个银河系的居民为他的飞船配备了能使用超级燃料的发动机，还让他带回这种燃料的分子式——沓拉克基分子式。第三船长飞抵这颗星球，没有怀疑到它正是强盗们的巢穴，便在这里着陆。他的病重得使他再也无法驾驶飞船。强盗们看到他的飞船，并暗中监视着，决定等待我的抵达，探明第三船长带回了什么重要消息。第三船长坐在飞船里等我，有时会陷入昏迷状态，强盗们便趁机潜入飞船，安装了传音器，以便窃听我们的交谈。他们小心翼翼地把第三船长的飞船转移到这块草地上。"

船长稍顿一下继续说："我在这颗星球上找到我的朋友，发现他病势很重。他告诉我航行的过程和超级燃料的情况。我心里清楚，当务之急，是把第三船长送回地球进行救治。但我也明白，他无法经受一次宇宙航行，因此决定留在他身旁，等他病情有所减轻。我匆匆回到自己的飞船上取药，不料，强盗们趁此打开了预先设置的混凝土顶盖，我们的飞船就坠入了这个地窟。"

"所谓棋高一招！"胖子得意地说。

"等我明白出了什么意外的时候，我看到'蓝海鸥号'已经陷入地底下。灯亮起来时，朝我走来的正是站在你们旁边的这个家伙。我知道自己中了奸计。他们答应放我，条件是交出超级燃料分子式。他们意识到，只要有了这种燃料，他们的航速就将快得谁也追不上，他们便再也不怕银河系安全部的宇宙巡逻舰，而且银河系内的任何飞船，他们都能轻而易举地俘获。我也明白，无论如何不能把分子式交给他们，自己也绝不能活着落入他们的魔掌。我关上舱门，使他们进不了'蓝海鸥号'。"

"第三船长怎么样了呢？"包洛思柯夫问。

"他们企图俘获我们。第三船长的飞船被他们切割成功，第三船长落进了他们的魔掌。可能，他们已经杀害了他。"

"不对，"胖子说，"他是自己病死的，我们锯开飞船时，他已经死了。"

"可'蓝海鸥号'他们锯不开，"第二船长说，"因为这是用金刚石合金制造的，第一船长送我的礼物——巧舌鸟，正在我的飞船上。我跟第一船长约定过，万一发生什么意外，我可以放出巧舌鸟，它将带着任务飞往金星找到第一船长。他有办法使巧舌鸟讲清我在哪里和出了什么意外。"

"我们却没办法，"我说，"巧舌鸟向我们吐露过一些情况，可惜太少。"

"它怎么飞到你们那儿去的呢？"第二船长问。

"它受了伤，"我说，"显然是宇宙强盗对它紧追不舍。"

"正是这样。"胖子直言不讳。

"但巧舌鸟成功地摆脱了追击。赛列霞克星球上的钢铁机器人帮它修理好了翅膀。"

"为了这个，我们使它们的润滑油统统变了质——如今那些机器人都全身瘫痪啦。"胖子大笑。

"机器人让我们医好了，"我说，"它们已经一切正常。"

"可恶！"胖子咒骂道。

"然而遗憾的是，巧舌鸟的一个翅膀内有一截骨头换成了铁的，使它无法飞到太阳系，"我说，"巧舌鸟好不容易才抵达勃鲁克星球。"

"我和维尔浩夫采夫博士在勃鲁克星球找寻巧舌鸟。"胖子承认。

"叛徒！"泽廖内铁青着脸说，"我们还会找你算账的！"

"闭嘴！"嘻嘻哈伸出一根手指恐吓泽廖内，"我和我的朋友杀光了勃鲁克星球上的所有巧舌鸟。我们收购、交换、偷取，甚至打算使这个行星丧失全部氧气。"

"依靠软体虫吧？"我问。

"对，可惜我们不走运。巧舌鸟被这伙没头脑的人得到，完全是事出偶然，"胖子说，"于是他们钻到这里来了。这下你们死定喽。"

"你们不要惊慌，没事儿。"第二船长说，"他们不敢把你们怎么样。既然全世界的强盗没有战胜三个船长，他们这一小撮儿当然也不可能制伏我们。"

"不，我们能！"胖子大喊，"第三船长已经死了。你也被俘虏了，我们只要获得了超级燃料，就去把你们的第一船长也给抓来。"

"您在飞船里生活了四年吗？"包洛思柯夫问。

"是的，"第二船长回答，"按说呢，我完全可以把分子式销毁掉。不过那样一来，银河系的其他居民也就得不到它了，而智慧生物是非常需要超级燃料的。我相信，我迟早会得到救援。"

"得到了，不过会使你失望，"胖子说，"你讲完了吧？现在该交出分子式了。"

"我和第一船长还有一个约定，"第二船长说，"如果到了第四年还没有我的消息，他就报告银河系安全部，并且出发来找我。既然局外人找到我都这么迅速，那么第一船长准能更快地找到我。请你们也相信这一点。"

"好啦，谈够了，"维尔浩夫采夫博士说，"动手吧，他不过在拖延时间。"

于是，一个强盗把我上了铐的双手猛地一扯。我失去了平衡，摔倒了。他把我拖向一旁，我试图反抗，但是又有一个强盗过来，他们把我的双脚捆了起来，胖子从腰带上抽出一柄长刀。

"第二船长，你要知道，"他转过身去，对着飞船说，"我擅长开玩笑，所以人家才管我叫嘻嘻哈。不过，我开的玩笑，每每以让人流泪告终。"他举起了刀子。

包洛思柯夫和泽廖内扑过来救我。不料，维尔浩夫采夫见状便向他们放射催眠气，我的两个同事倒在了地上。

"上！"嘻嘻哈吆喝着。我感觉到，冰凉的刀刃碰到了我的喉头。

"把门锁开掉。"第二船长说。

"早该这样了嘛。"胖子说，同时给一名喽啰打个手势，那人便去打开沉甸甸的锁。那名喽啰从舷梯上下来，闪到远处站住，举枪瞄准舱门，维尔浩夫采夫也举起武器，他们如临大敌。

"注意，别开玩笑，"维尔浩夫采夫说，"要不然，我们就开枪。"

舱门倏地打开了，船长突然如闪电般往下一跳。同时，响起两声枪响。然而，第二船长已经卧倒在地。他翻滚到一旁，只见火星闪亮，子弹击碎他头边的石块。又只是一眨眼工夫，第二船长已经隐蔽在"蓝海鸥号"宽宽的缓冲器背后。强盗们立即散开，在一些石头后面卧倒。

"镇静，他不可能从我们手里逃掉，"维尔浩夫采夫大喊，"把他包围起来。"

我看得明白，第二船长几乎是身临绝境。

"别打枪！你敢打枪，教授就没命了！"胖子大叫。他的声音，近在耳边。我这才看到，他再次把刀架到了我的脖子上。

正是在这紧要关头，我们的飞船那边响起喊声："不许动！你们被包围了！"

胖子持刀的手僵住了，我挥拳猛击，刀子远远地飞向一旁。"你们听到吗？"另一个声音从巧舌鸟飞走的那边传来，"放下武器。"

强盗们慢腾腾地爬起来，他们扔下了武器。我一抬头，看见从"飞马号"的缓冲器后面走出了维尔浩夫采夫博士，身穿密封宇航服，却没戴头盔。我满腹惊疑，不由翻滚到另一边。第二个头戴礼帽的维尔浩夫采夫博士举起双手，跪在那里。

另一边，第一船长正向强盗们走去。这个船长和三船长星球上的那尊雕像一模一样，只是身穿远程宇航船长的蓝色制服，脸色黝黑，英姿勃发。

双嘴巧舌鸟不知从哪儿飞了出来，拍着翅膀，歇到第一船长的肩头。随后，阿丽萨从暗处走出来。

情境赏析

第二船长终于出现了，可是形势也万分危急，强盗们利用"我们"威胁第二船长。故事发展到这里，一切似乎已经真相大白了，强盗们囚禁第二船长，是为了获得超级燃料，而独霸资源，为他们自己谋私利。可是船长们忠贞不屈，强盗们只好在巧舌鸟身上打主意，千方百计捕杀这种鸟。不过，他们终于被制伏了，但出现了戏剧性的一幕，竟然出现了两个维尔浩夫采夫博士，是不是前面所有关于博士的谜团都能解开了呢？

阿丽萨失踪了，她失踪后，会遇到什么呢？

在我们被俘的时候，阿丽萨失踪了。

她怎样做到这一点，我后来才知道。不过，既然整个故事我是顺着次序讲的，那就应该先叙述一下，我们被俘的时候阿丽萨遇到什么情况，还有，第一船长和真正的维尔浩夫采夫博士是如何找到我们的。

事情是这样的，阿丽萨曾得到过小矮人儿送给她的一顶隐身帽。回到飞船上后，试着把这东西戴到头上后，她发现自己变成了隐身人啦！起先，阿丽萨打算跑来找我或者包洛思柯夫，夸耀一下帽子，可转念一想，如果她告诉我们隐身帽能起作用，我们不会相信。

所以隐身帽就放在她平时总斜挎着的小书包里。当地窟里出现了胖子一伙人的时候，阿丽萨想起了隐身帽，于是把它戴上，消失不见了。其实她没有离开地窟。她暗想，如果我们被关到什么地方，她可以偷了钥匙，把我们救出来。

她闪在旁边，听着胖子所说的一切。原本她还想多站些时间，可是出现了那个倒提着巧舌鸟的强盗。胖子命令喽啰杀死巧舌鸟，这时候阿丽萨便明白自己该行动了。

表现了阿丽萨的机智和善于思考。

她踮起脚绊了他一脚。强盗一跌倒，巧舌鸟趁机逃掉了。当下阿丽萨琢磨：第二船长从飞船中放飞巧舌鸟，它找到路，飞出地窟。这表明，巧舌鸟知道怎样从这里冲出去。因此，阿丽萨紧跟着巧舌鸟。她打算一看到出口，马上返回，把我们解救出去。

隧道很幽暗，巧舌鸟在前面飞，阿丽萨看不见它，不过能听见它的翅膀拍击声。等到离开强盗们相当远以后，阿丽萨轻声呼唤："巧舌鸟，等一等。"

巧舌鸟听出了她的声音。恰恰在这时候，巧舌鸟和阿丽萨来到了又一个地下空间，比刚才那个小些，正中停着一艘不大的黑色飞船。但阿丽萨忘了自己是隐身人，也就没脱下帽子。巧舌鸟在阿丽萨的头顶上方绕一

"狐疑不决"，表示犹豫、怀疑，拿不定主意。

圈，<u>狐疑不决</u>地摇摇冠子，又继续往前飞，进入一个狭小的山洞。这个山洞很陡地向上伸展，远处可以看到白蒙蒙的一团，那便是日间的天光。

阿丽萨走近了洞口，她正要爬进洞去，可突然听到从一个地道里传出微弱的呻吟声。由于没带电筒，所以她不得不摸索着往前走。她算着步数，走了30步，又响起呻吟声。

"谁在这儿？"阿丽萨压低嗓音问。

然而，大概发出呻吟的人听不见她的话。

"请忍耐一会儿，"阿丽萨说，"我马上去救自己人，

这个人究竟是谁呢？

然后也来救您。<u>您也是维尔浩夫采夫这帮人的俘虏吧？</u>"

没有回声，一切又归于平静。阿丽萨转身返回山

洞，再次朝深处望去，亮亮的一团——地窟的出口不
见了。阿丽萨没猜出这是由于短促的夜降临，她怕自己
把某条隧道当成出口。她决定花几分钟，检查一下这是
不是出口。她艰难地匍匐前行。上面滴水，下面潮湿，
山洞便滑溜溜的。阿丽萨觉得好像过了整整一个小时，
山洞却还没到尽头。她决定要往回爬，忽然，暗处渐渐
明亮。原来，阿丽萨差不多已经爬到洞口，只是在一团
漆黑中没看出来。

阿丽萨不光思考细致，而且行动小心谨慎。

　　最后几米最难爬，阿丽萨以为难以爬上地面，急得
差点儿放声大哭。但这毕竟已是最后的纵身一探。阿丽
萨胜利了——出了山洞。她环顾四周，闷闷不乐地想，
该回去了，已经没有时间可耗费了，现在她心里已有
数：应当怎样跑才能逃离地窟。

　　阿丽萨拨开密密的草丛，最后一次朝前看看，突然
意外地发现近旁的一艘宇宙飞船。

　　"幸亏我朝那边瞧瞧，"阿丽萨暗想，"要不然，我
们一跑出来又会落入他们的魔掌，多半有一些强盗留在
飞船上守护的呀。"

是人物的心理描写，表现了她的思考过程。

　　她已经决定重新下山洞，蓦地瞥见巧舌鸟蹲在飞船
的舷梯上，用嘴敲击关闭着的舱门。阿丽萨几乎要喊出
声："巧舌鸟，回来！"但没来得及。再说呢，巧舌鸟也
听不见。

　　舱门敞开了，里面出来一个高身材的年轻人，阿丽
萨以前在哪儿见过的。可哪儿呢？巧舌鸟飞上这个人的
肩头。

　　"老朋友！"这人欢叫一声，"你怎么找到我们的？"

阿丽萨一看见他肩上歇着巧舌鸟，便知道了他是第一船长。第一船长飞来援救啦！阿丽萨蹿出洞口，奔向飞船。第一船长在这里，太好啦！如今将百事顺利。

她跑到离开飞船只剩下几步，这当口，第二个人走出舱门，跟船长并肩而立，这是维尔浩夫采夫博士。不过，他穿戴得跟下面那个维尔浩夫采夫不同。这个维尔浩夫采夫身穿密封宇航服，腰间挂着手枪。

难道第一船长也是坏人？跟强盗们是一伙的？

阿丽萨完全闹糊涂了。叛徒不知用什么办法，竟能同时出现在两个地方。有一点，阿丽萨心里明白：第一船长也处境危险——他还根本不知道维尔浩夫采夫实际上是个宇宙强盗。

勇敢的阿丽萨。

"船长，小心些！危险！维尔浩夫采夫是叛徒！"阿丽萨喊叫。

第一船长和维尔浩夫采夫闻声回头张望，然而，他们看不见阿丽萨——她依然是个隐身人哪。

"这话什么意思？"第一船长问。

"维尔浩夫采夫刚才还在地窟里！"阿丽萨大声说，"他是宇宙强盗。他们俘虏了第二船长和我们的乘员。"

"什么乘员哪？"第一船长感到惊讶，竭力要弄清楚小孩子的声音是从哪里传来的。

"'飞马号'的乘员，"阿丽萨说，"船长，你要小心些！"

"你是谁？"第一船长问。

"阿丽萨。"她回答，两眼盯住维尔浩夫采夫。然而，维尔浩夫采夫既不拔枪，也不偷袭第一船长。第一船长也丝毫不提防博士。

"小女孩儿，你弄错了，"第一船长说，"维尔浩夫采夫博士已经有三天没有离开过我们的飞船。我和他一同飞来救助你们和第二船长。地窟里那个人是冒充我们的博士，所以你可以放心大胆地走近我们。"

前面所有关于博士的怀疑终于要真相大白了。

"保不定您也是装扮成第一船长的冒牌货？"阿丽萨问。

"我决不冒充任何人，"第一船长回答，"我亲爱的巧舌鸟，它一定认识我。要骗过鸟儿，可不那么容易。巧舌鸟，你认出我了吗？

是呀！谁能骗过这么聪明的鸟儿呢？

"快，老大，"巧舌鸟用第二船长的嗓音说，"旮拉克基分子式保存在材料样品单舱里。如果我出了意外，请取出分子式，交给银河系。这十分重要。我们已经失去了第三船长。"

巧舌鸟一步一步为"我们"解开谜题。

"你听见了，"第一船长说，"这下相信了吧？来，走过来。咱们在浪费时间哦。你怎么跑出来的？你怎么能隐身的？"

阿丽萨一直走到舷梯旁边。"我在这里，"她说，"我跟着巧舌鸟来的。"

"我怎么也不明白！"维尔浩夫采夫博士说，"小女孩在哪里？她是隐身人？究竟怎么回事儿呀？"

"嗯，我是隐身人，"阿丽萨说，"难道你们到现在还不明白？要不然的话，我怎么能从强盗们的眼皮底下跑掉呢？"

说完，阿丽萨脱下了隐身帽。于是，连全银河系最无畏者之一的第一船长也惊诧得打了个激灵。

用第一船长看到阿丽萨后的表现，说明了阿丽萨的机智和聪明。

阿丽萨的黄工装被泥土弄得脏兮兮的，衣袖破损，脸上划破，头发乱蓬蓬……

"小女孩儿，你真行！"第一船长说，"走吧，你边走边把一切情况告诉我。"

于是，他们朝洞口跑去，因为必须争分夺秒了。

情境赏析

前面卖隐形鱼的小矮人送给阿丽萨的隐身帽发挥了巨大的作用，它不光在关键时刻救了阿丽萨，也救了大家。维尔浩夫采夫博士的一切谜团也终于真相大白了，原来是有两个一模一样的博士，而那个一直干坏事的就是个假博士。这是一场真与假的斗争、善与恶的较量，终于正义战胜了邪恶，小阿丽萨用爱心和善良征服了身边的人，三位船长用正义和信念打败了强盗们。

名家点评

布雷乔夫是一位不停地工作，"春蚕到死丝方尽"的可敬老人。他以或轻灵或凝重或诙谐的笔触，以别出心裁的故事情节，讴歌抑恶扬善的精神，谴责侵略和杀戮，主张正义与和平，反对自卑和懒散，赞美自强与进取。

——巴金

真假维尔浩夫采夫精彩出场，胖子扯谎也无法脱身。

那些阴险狡猾的宇宙强盗被铐上了，与此同时，维尔浩夫采夫博士走到酷似自己的人跟前。这情景真是太奇特了，简直难辨真假。

"喂，冒牌货，"身穿密封宇航服的维尔浩夫采夫说，"让我们瞧瞧你的真面目。"

"我完全搞糊涂了！"头戴礼帽的维尔浩夫采夫回答，闪开一步。站在他背后的泽廖内推他一把，使他面对真博士。

"混账东西，"泽廖内说，"由于你作怪，我们冤枉了一个好人并险些丢了性命。"

"对，"阿丽萨说，"我们已经完全不信任维尔浩夫采夫博士了，以致他和第一船长一同飞到，竭力阻止我们的时候，我们反而赶紧飞走，结果陷入了地窟。"

"不，"假冒的维尔浩夫采夫说，"你们无权碰我！"

忽然，嘻嘻哈哧哧地笑起来，他说："披着别人的皮总不是个事儿。我是一个真实的自己，决不会受冤枉的，我是规规矩矩的强盗。"

真正的博士逼近戴礼帽的宇宙强盗，冷不防伸出手，以迅猛的动作，撕开冒牌货的画皮。

我们大家立即看到，一张酷似维尔浩夫采夫的外皮从强盗身上掉落下来，里面露出一种大不相同的生物——不成人样的东西。原来，维尔浩夫采夫博士发现了拉链的小襻（pàn）儿，正是这拉链使外皮紧绷在强盗的身上。

礼帽滚到一边，"博士"的衣服掉落在我们脚边。这堆衣服里面，刚才还是维尔浩夫采夫，此刻露出一个又大又圆的躯体，外皮坚硬而有弹性。这个昆虫状的生物，长达一米半，脚是毛茸茸的，螯形手大而锋利。昆虫状的生物展开短翅膀，挣扎着要起飞，但泽廖内眼明手快，一把抓住。昆虫状的生物朝他转过头去，恫吓地张开螯形手。

"小心！"第二船长大喊，"这东西有毒！"

泽廖内缩回手，第二船长举起枪瞄准了这个强盗。此时强盗眼看无处可躲，便蓦地举起末端长着毒刺的长尾巴，扎进自己的胸脯。刹那间，他倒下去，又开了细脚。

"别相信他，"胖子突然说，"我要和你合作，我彻底交代。他叫柯雷斯，来自死亡的克洛柯雷斯星球，是一个宇宙强盗大王。他策划许多毒计强迫我们俯首听命。当初，克洛柯雷斯星球人战争不断，互相厮杀，伤亡殆尽。最后的幸存者们只得在地下空间藏身。但是，这个柯雷斯没有自杀，他太爱自己了。他仅仅是失去知觉而已。他以为你们会抛开他的躯体不管，那么他就会醒来、逃脱。他曾经这样死里逃生。请杀死他吧。"

"何必要我们动手杀他呢？"第一船长说，"他将会受到审判。"

于是我们把柯雷斯关进笼子里，准备把他押往早就在寻找他的星球，让他在那里受审。

"对，"胖子说，"他是罪有应得呀。正是他诡计多端，冒充维尔浩夫采夫博士飞到小大角星的勘探队基地，企图在那里找到'蓝海鸥号'的构造图，以便打开飞船。也是他，假冒成维尔浩夫采夫，在巴拉布特尔城出售软体虫，消灭巧舌鸟，为的是不让任何一只巧舌鸟飞去找到第一船长，使他前来救援。正是他，逼迫我送给教授一只钻石小龟。正是他，假冒成维尔浩夫采夫，往机器人的润滑油里投放有害的细菌。千万不要宽恕他！"

"嘻嘻哈，安静些，"第二船长说，"别指望抛出一个同伙，就能使自己免受惩罚。你犯下那么多的罪行，休想耍些新花招就掩盖过去。"

"现在我们怎样离开这里？"第一船长问胖子。

"如果我的生命安全得到保证，我就帮助你们离开这里。否则，我帮不了你们的忙。除了我，没有人知道怎样打开顶盖。这是用坚固的石板做成的，即使重型炸弹也炸不开。"

"你不想说就不必说，"第一船长微微一笑，"我们等你的朋友柯雷斯醒过来，他会乐意替我们出力的。"

"不，"胖子喊叫，"决不可能！你们将困死在这里！"

"我们决不会死。"第二船长说，"如今，我的朋友们，"他指指我们大家，"我的朋友们和我在一起，我不怕任何强盗。万不得已的时候，我们也可以一同乘坐第一船长的飞船离开，以后再回来取我们的飞船。"

"不行，"胖子仍不屈服，他说，"你们给我立一张字据，保证我的生命安全，那样我才能放你们离开此地。"

"好吧，既然如此，我们就等一会儿，"第一船长说，"我们让你考虑十分钟，我们有的是时间。"

"对，"第二船长支持第一船长，"这段时间，老大，你就讲讲怎么找到我们的吧。巧舌鸟可并没有飞到你那儿去啊。"

"好的。"第一船长看着这奇异的队伍，不禁笑了，"首先我得承认，在这个事件中，我的作用微不足道。四年当中，我一直在金星上忙碌。原来，把一颗大行星变为一艘宇宙飞船，并且让它转移到新的轨道是一个几乎难以完成的任务，但还是要非完成不可。四年出头了，金星没有从自己的轨道上移开，我们反复地思考、争论，为一个决定性的时刻做着准备。现在，这颗行星将开始移动，将更靠近地球的轨道，但愿我能在移动开始之前返回，这个时刻为期不远了。"

"我全身心地投入工作，"第一船长继续讲，"不知不觉便过了四年。我承认自己没有太为自己的两个朋友担心，因为知道命运把这两个船长抛向了多么遥远的地方，老三从邻近的银河系返回倒还可能早一点，而你，老二，给我的期限是四年。"

"是这样的，"第一船长继续讲，"我突然收到维尔浩夫采夫博士的电报，他要飞来见我。他告诉我很为第二船长的安全担忧。等他对我讲出一切情况，我就立即离开金星。再往后的事情，让博士接着讲吧。"

"哎呀，瞧您！"维尔浩夫采夫博士忽然发窘了，"我没有出微薄之力……总之，你们乘着'飞马号'来访，使我的满腹疑惑越发强烈。当时有一种流言，说什么勇敢机智的第二船长下落不明了——我一开始不相信。我连他的'蓝海鸥号'也是熟知的。我认为整个银河系内未必有哪股恶势力能击倒第二船长。"博士继续说道。

"谢谢夸奖。"第二船长说。

"不必客气。这种夸奖是以清醒而科学的测定为基础的。我研究船长们的生平，第一船长在这方面帮助了我。他从不拒绝我的要求，总是寄来照片和笔记，还详加说明。然而，当我对第二船长的命运表示疑虑的时候，他的回答却含糊其辞。这使我以为，第一船长对'蓝海鸥号'的情况，知道得比他愿意或可以说的要多。"

"我一点也不知道发生了意外情况，"第一船长打断他的话，"只是我们有个约定：如果巧舌鸟没有飞来，我不妨等候四年。然而读到维尔浩夫采夫博士的电文以后，我虽然不动声色，实际上有些担心了。"

"我却不知道船长之间有个约定，"维尔浩夫采夫博士继续说，"也不知道第二船长准备飞去迎接第三船长。使我警觉起来的是另一种情况：所有的文字资料都指出，船长们已经使银河系摆脱了宇宙强盗的骚扰，而根据一切迹象判断，却并非如此。我获知宇宙强盗依旧在活动，有时还袭击飞船，而且人们看见，在强盗们中间恰恰就有这个胖子。"

"我没有参与袭击行动，"嘻嘻哈满脸委屈地说，"那都是柯雷斯，他备有几套外皮，其中肯定有酷似我的。他套上酷似我的外皮抢劫过另外一些飞船。"

"哦，请你们切莫轻信胖子，"维尔浩夫采夫博士说，"有一次，我正巧不在三船长星球，有人潜入博物馆。博物馆被仔细地搜寻了，但他们什么重要的物件也没拿，却把几张'蓝海鸥号'的照片全带走了。当时我就琢磨，这种照片资料有谁会需要呢。后来，忽然有人告诉我，有一艘大型载客飞船，从菲克斯星球起飞，中途遇到强盗飞船的拦劫。在强盗们中间，有一个人和我酷似。当时我正在该星球的主席家里做客，否则天晓得人家会怎样猜疑我。就在这个时候，'飞马号'来到三船长星球。他们在我面前自称是搜寻动物的，却开口向我打听三位船长。他们还说我曾飞往小大角星，向勘探队员们打听'蓝海鸥号'的构造图。这不免使我有些吃惊。"

"可这确有其事，"我说，"是冒牌博士干的。"

"如今发生这样令人遗憾的事情，我是不会怀疑了。"维尔浩夫采夫博士说，"但当时，我心中异常震惊。'飞马号'一飞走，我立刻去找勘探队员。他们肯定地说是我一个月前飞到他们这儿来，表示对'蓝海鸥号'的构造图大感兴趣。我当即意识到第二船长正面临危险，而且最可能的是宇宙强盗伸出魔掌。因此，我立刻赶往金星。"

"他飞来找我，神情焦灼不安。"第一船长微微一笑，"开头，我搞糊涂了……但弄清了是怎么回事，就知道必须赶紧去救援。但飞往何处？我们怀疑'飞马号'是强盗飞船，所以决定跟踪你们。我们到过巴拉布特尔城。在那儿，克拉巴卡斯告诉我们，你们买了一只巧舌鸟，还说有人企图杀害星球上所有的巧舌鸟。我们也找了那个卖巧舌鸟给你们的巨耳人，得知这正是曾经在第二船长身边的那只巧舌鸟。而且，我们在巴拉布特尔城里，差点儿被抓进监牢，因为冒牌博士曾在那儿出售软体虫。我们磨破了嘴皮，才使巨耳人——警卫队员们相信，出售软体虫的并非真正的维尔浩夫采夫，而是一个和他酷似的人。后来就简单了，我们向银河系所有的宇航灯塔站询问，得到的答复是'飞马号'正在驶向水母星系。在机器人的星球上，我们得悉你们到过那里，甚至替机器人更换润滑油，治愈了他们。然后我们就飞到这里来了，还差点儿迟了一步。"

"你们什么时候弄清我们不是强盗？"阿丽萨问。

"那是在巴拉布特尔城了。另外，我们在宇宙中还遇到过考古学家们的飞船。其中有个格罗莫泽卡，他那么热情洋溢地为你们辩护，使我们对他产生了信任感。我们开始焦虑不安，怕你们面临危险——毕竟你们不善于对付宇宙强盗呵。"

"我们不善于对付，"包洛思柯夫叹口气，"下一次会聪明些。"

"不会有下一次了。"第一船长说。他走到胖子眼前，说："嘻嘻哈，时间到了。要么你打开顶盖，要么我再也不找你谈话。我数到10。1、2、3……"

胖子着慌了，他站了起来，两腿发软，肚子发抖，一瘸一拐地朝岩壁走去，到了跟前，按下一个外人看不见的键钮。有一块岩壁移向旁边，里面呈露出控制台。

"马上好，"胖子嘟哝，"只要一会儿……我就什么都弄妥帖。"他的胖手指哆哆嗦嗦，去按几个键钮。顶盖终于移动，朝一边退去。上天有路了。

"飞船挨着次序上！"第一船长说，"'飞马号'先上去。然后让到旁边，'蓝海鸥号'开始升空。请'飞马号'的乘员各就各位。"

胖子又按下一个键钮，只见有一架窄窄的梯子从石板地面往上升，够到了圆形地窟顶盖的高度，便探出几只钢爪，搭住边缘。

"这就对了，"第二船长说，"维尔浩夫采夫博士，请你和教授一起把俘虏押送上去，就在上面等着我们好了。"

包洛思柯夫和泽廖内登上"飞马号"，其余的人全部闪到旁边，看着"飞马号"缓缓上升，接着便高高地悬浮着了。

"没落下什么人吧？"第一船长问。

"我以所有圣徒的名义发誓，这里绝对没有落下任何一个人！可以放心地离开了，"嘻嘻哈回答，"放一百个心吧。然后，咱们炸掉这个地窟，连同柯雷斯的那艘可恶的飞船。强盗窝就荡然无存了，我讲得对吗？"

"对，"第二船长笑笑，"让我最后看一眼自己的监狱，毕竟在这儿蹲了四年啊。"

"等一下！"阿丽萨突然高喊，"他在扯谎！"

"谁扯谎?"第一船长感到惊奇。

"胖子扯谎。我跟随着巧舌鸟跑的时候,听到过呻吟声。"

▋情境赏析▋

　　强盗大王柯雷斯终于露出了真面目,一切事实真相也终于还了维尔浩夫采夫博士的清白。大家也更详细地了解了三位杰出船长所做的英雄事迹,以及他们同强盗的坚强不屈的斗争过程。经历千辛万苦,大家得救了,也战胜了狡猾的强盗们。三船长是伟大的,"飞马号"的全体船员也同样伟大,因为"我们"不善于对付强盗,但是依靠大家的聪明才智和团结协作同样战胜了困难,也战胜了强盗。

宇宙强盗们的地下秘窟里，竟然还深藏着俘虏。而这个俘虏竟然是……

听阿丽萨这样说，我们把目光齐刷刷地转向胖子。

"不可能的……"胖子狡辩一声，说不下去了。

"俘虏在哪里？快说！"第一船长厉声问道。

面对我们，胖子已经不敢再说什么，慌忙朝着隧道那边走去。他结结巴巴地解释说："我完全没有想到……这全怪柯雷斯……"

"就是这里，"胖子说，"我马上开灯……我怎么就忘了呢！这全怪柯雷斯。"

借着灯光，我们发现在这个地下秘窟里面还停放着一艘强盗飞船，地下秘窟的后面还有一条长长的隧道。但是进口被一道栅栏挡着，胖子走到栅栏前，磨磨蹭蹭刚要把钥匙插进锁孔，第一船长从他手中<u>一把</u>夺过钥匙，把栅栏往旁边<u>一推</u>。

"等一下。"第一船长说。

我们停下脚步，侧耳细听。远远的，从下面传来痛

胖子一连串的辩解和拖延的动作，表现了他的狡猾和阴险。

这两个词表明了第一船长急切的心情。

苦的呻吟声，隐约可辨。我们赶紧循声跑去，发现有一间屋子的门锁着。我们打开门，发现里面有一个奇怪的人，坐在石板地面的一堆破烂衣服上，而且是被铁链锁在岩壁旁的。经过我们大家仔细地辨认，才分辨出是个三条腿、大眼睛的菲克斯星球人。

这个菲克斯星球人已经奄奄一息了，他衰弱到了极点。我猜想，他肯定受尽了折磨。

"我恨不得马上杀死你！"第一船长看看胖子<u>恶狠狠</u>地说。

"他肯定饿坏了，"第二船长<u>喃喃地</u>说，"简直就认不出……"

第一船长拼尽全力拉开那粗铁栅栏，然后奔向危在旦夕的菲克斯星球人，双手抱起他，就朝出口走。

"这是谁？"阿丽萨轻轻地问。

我摇摇头，<u>一旁的胖子抽抽搭搭地哭着</u>。他止住哭泣，说："这是第三船长。他们以为他早就死掉了。"

第三船长昏迷不醒。第一船长把他平放在地面上，转而声音颤抖地问我："教授，有什么办法吗？"

"不知道，我没什么把握。"我俯下身看着菲克斯星球人说，"他们用饥饿折磨他，还严刑逼问。"

"<u>逼问了四年</u>，"第二船长说，"我们都信以为真，以为他早已死去！要不是阿丽萨，他就被留在这里了。教授，我求您采取一切可能的措施，救救他吧！"

"这是我应该做的，"我说，"首先要打强心针。阿丽萨，快到'飞马号'上把急救箱取来。"

阿丽萨飞也似的顺着通道跑去。

（旁注）

这两个词表明了两种情绪——愤怒和伤心。

胖子为什么哭？难道他是为第三船长伤心吗？

四年时间也没有让他屈服。

"老三，听着，"第二船长呼唤，"不要认输，只要再稍稍忍一下。难道你不能坚持最后一分钟吗？我们来了呀。"

忽然，菲克斯星球人睁开了眼睛。他做到这一点极不容易，因为他的身体已经衰弱到了极点，唯有在精神上还在和死亡进行斗争。

"我还好，"他艰难地说，"我什么也没有说……我终于等到你们了……我的朋友们。"说完他闭上两眼，心脏停止了跳动。

我立即为菲克斯星球人做人工呼吸，但这无济于事。情况很糟糕——我手边没有任何外科医疗器械，我不得不像一百年前的医生那样工作。

"我只能冒一次险了，"我对船长说，"恐怕也没什么别的办法了。"

"教授，我们信任您。"两位船长回答我。

于是我用刀剖开第三船长的胸腔，握住停止搏动的心脏，开始按摩。我觉得好像一个小时过去了，手已经麻木了。即便是阿丽萨拿着急救箱跑到跟前，我也没有察觉。第一船长亲自动手，往他的静脉管里注入复合兴奋剂。不知道是我的努力，还是第一船长的行动起了作用，第三船长的心脏跳了一下，又一下……重新搏动了。

"他是异常强壮的菲克斯星球人，"我说，"任何一个地球人处在他这样的情况，早就去世了。"

第三船长的心脏重新跳动了，我必须以最快的速度为他缝合伤口。于是我急忙从急救箱中取出缝合器，先缝合了所有的血管，最后缝合了胸腔。这一切只用了一分钟的时间。最后我们又把他转移到"蓝海鸥号"上救治，正如大家所期望的，半小时后，第三船长已经脱离了危险。

▮ 情境赏析 ▮

狡猾的胖子嘻嘻哈为了掩盖自己的罪行，最后一刻还在为第三船长的事撒谎，幸亏阿丽萨揭穿了他的诡计，终于使第三船长脱离了危险。

▮ 名家点评 ▮

"死而不忘者寿"，季尔·布雷乔夫留下宏富奇美的精神食粮，给俄罗斯读者，给各国读者，包括中国读者，一代又一代……

——曹禺

三位船长又聚在一起了，"飞马号"的乘员们满载而归。

现在，在草坪上停靠着三艘飞船，分别是"飞马号""蓝海鸥号"和"金星方案"工作飞船。因为第三船长的病有了较大的好转，我们就把他抬上了地面，同时把"蓝海鸥号"也开出了地窟。

三艘飞船正在为远程航行做准备工作。胖子依旧坐在"飞马号"旁边的地上，假装心脏衰弱，需要呼吸新鲜空气。根本没有人搭理他，他的恶行让人实在痛恨。

突然，我看见有一艘飞船正朝着星球降落下来。于是我大声喊叫，大家都跑出飞船，仰望新来的飞船。但是此时我们飞船的船长还是很冷静的。

"泽廖内，打开无线电。"包洛思柯夫嘱咐。

泽廖内跑上"飞马号"，调整波长，把机子开到最响的音量，让我们在外面也都听得见。

"飞船！"泽廖内呼叫，"您那儿出了什么事？请回答！"

一个悦耳的女人声音回答："我没出事故。主要是不能放下飞船后面的东西，其他都没关系。"

"等一下，"第一船长打断我们，"这是我的妻子埃尔拉，绝对错不了。"

第一船长飞快地登上"飞马号"进了电讯室，对准送话器大声喊："埃尔拉，是你吧？出什么事儿了？"

"你是谁？"女人口气严肃地问，"难道你是亲爱的谢瓦？是你吗？你不是在金星上吗？"

"你出了什么事？"第一船长说，"你后面拖着什么？"

"这就是活星云。我追了它三个星期，才捕捉到网里，可这会儿它想逃走。所以，我只能看到哪个星球便往下降，以便把它驯服。亲爱的谢瓦，你身旁有飞船吗？"埃尔拉说道。

"哦，当然有，"第一船长回答，"你先别急着着陆：我怕你带着这样的尾巴难以安全降落。"

"那好。你快飞上来，咱们一块儿把它拖下去。"此刻，埃尔拉正在和不顺从的活星云搏斗。

第一船长话音未落，第二船长已经登上飞船的驾驶台，又过了三分钟，两位船长就驾着飞船升上了高空。

经过三个人的共同协作终于制服了网中的活星云。半小时后，被钳住的活星云乖乖地躺倒在我们附近的草地上。大伙朝活星云跑去。

埃尔拉走向舷梯，第一船长已经朝她跑去。"活星云已经逮住，现在要做的，就是把它运回地球，让怀疑论者确信它的存在。"埃尔拉说。

我知道她说的怀疑论者，当然是暗暗指我。因为在一个学术会议上，我和她曾就有无活星云这一问题争论过，还嘲笑她耽于幻想。

但此时埃尔拉并没有看到我，而是看到了第二船长。埃尔拉一眼瞥见第二船长，就欢叫起来，"几年不见，您好吗？还在飞吧？"

"不，"第二船长回答，"我基本上是蹲在一个地方。"

"这样也很好，"埃尔拉支持他，"在一个地方也可以找到大量工作的。哦，这招人喜欢的小孩儿是谁呀？"

"我叫阿丽萨。"招人喜欢的小孩儿回答。

"阿丽萨，这名字不一般。"

"最一般了。我是谢列兹涅夫教授的女儿。"

"等一下，你爸爸是不是在莫斯科动物园工作？"

"是在动物园工作，"阿丽萨回答。她并不知道我和埃尔拉在学术观点上的分歧。

"那么，阿丽萨，请见到你爸爸的时候转告他，正如你今天所见到的，活星云并不是生物学方面的胡言乱语，活星云是一种实实在在的生物。"

"我看不用我转告了，"阿丽萨说，"我爸爸就在这儿。瞧，这就是。"

看来我已经无法再逃避了，便上前招呼："请原谅，我承认自己的观点错了。"

"太好啦，"埃尔拉回答，"以后在研究活星云方面，还有很多问题要请你帮忙。"

"非常乐意。"

接着，埃尔拉转向自己的丈夫问："你们怎么会在这里？发生了什么事情？"

第一船长简单地向她说明了一些情况，可埃尔拉好像是从另一个世界来的，她很难相信我们所说的一切。

"你们把那些强盗怎样了？"埃尔拉问。

"一个被锁进笼子，两个被关在底舱，最狡诈的一个刚才还在这儿，"第二船长回答，"人呢？"

当船长说到胖子的时候才发现人不见了。我们跑遍周围的矮树丛，也没发现他的身影。此时，我注意到了埃尔拉带来的活星云。发现活星云颤动得比先前猛烈。我仔细观察，有几个网眼线绳已被割破。"我知道他在哪里！"我喊起来，"他钻进了活星云。"

"嘻嘻哈，你在里面吗？"维尔浩夫采夫博士弯下腰大声问。

活星云颤颤动动，仿佛钻进了野狗的干草垛。

"立刻放掉活星云，就能看清了。"第一船长建议大家说。

"绝对不行！"埃尔拉面有愠色，"你知道再要抓住这样的活星云多难啊！"胖子的神经快支持不住了，他的脑袋从活星云里探了出来。眼珠凸出，呼吸急促，看样子是憋得不好受。

突然，胖子在活星云里挣扎着猛地冲出，沿着树丛旁的空地撒腿飞跑。

"你往哪里逃？"第二船长冲着他的背影喊，"总会逮住你的。别跑得太急，你的心脏有病嘛！"

胖子不听劝告，他在两堆灌木丛之间狂奔，脚下一绊，双手乱挥。克罗克鸟正懒洋洋地在高空盘旋，从上面看到了他，便俯冲下来，如同老鹰抓小兔。才一眨眼工夫，胖子已经在半空中晃荡，仿佛还在继续逃跑的模样。巨鸟往上升，速度奇快，等第二船长拔出手枪，它已经升高了 500 米。

"别打枪，"第一船长拦住他，"胖子从这样的高度摔下，准得粉身碎骨……"

第一船长的话像诅咒一样灵验，胖子在鸟爪中扑腾、挣扎，巨鸟竟松开了他。胖子活像一个布娃娃，直往下掉。他消失在土丘背后了。

面对这一切，我们都觉得他是自作自受，怨不得别人。

可就在我们说话的时候，活星云悄悄地从网里逃走了。于是我们开启飞船升空了，我们大家连成一线，去追赶活星云。直追到赛列霞克星球附近，我们才撵上它，把它堵住赶拢，收到网里。

为了庆祝我们的胜利，在月球中心基地的"登月车"餐馆，我们大家最后一次聚餐。

船长们并排坐在一张大沙发上，跟他们的雕像显得大不一样。第一船长若有所思，难以掩饰内心的遗憾。原来，正当他在水母星系的时候，金星向新轨道转移的运作开始了，他错过了这庄严的时刻。

第三船长身体不适，正害着寒热病，那是在强盗的地窟里患上的。只有第二船长精神饱满，情绪高涨。他刚刚把旮拉克基分子式转交给来自地球的物理学家。这些物理学家已经占去了半座旅馆。每一艘新到的飞船，还在送来他们的同事——高校和研究所的专家们。有消息说，菲克斯星球和利涅安星球的学者正在赶往月球，而冥王星飞船制造厂已经开始做准备工作，要让飞船改用新的燃料。

这时埃尔拉和第二船长聊起来。

"在物理学家中间引起那么大的震动，您很满意吧？"埃尔拉说。

"太满意啦，"第二船长说，"说老实话，我担心过，可别忙了一场，旮拉克基分子式却没什么意义，不过，还好我把它送给了地球上的物理学家。"

"现在，宇宙已经不再像我们想象的那么无边无际了，我们可以经常聚一聚。只是这次深感遗憾的，就是谢列兹涅夫教授搜求的动物，没有他所希望的那样多。为了报答他的救命之恩。今后无论抵达何处，我们都将运回飞禽走兽，送给动物园。"

"谢谢，朋友们，"我说，"我并不懊丧。明年夏天，我们将再次乘'飞马号'出发考察。当然，前提是包洛思柯夫和泽廖内不拒绝和我同飞。"

"飞马号"的乘员们也都对我的提议表示赞成。

"现在你们有什么打算？"包洛思柯夫问三位船长。

"我赶到冥王星去，那儿将建造装有旮拉克基发动机的飞船，"第二船长回答，"我希望他们能把首批中的一艘信任地交给我。"

"我先要飞回故乡菲克斯星球，"第三船长说，"我离家很久了。然后，我也要着手造一艘使用新燃料的飞船。"

"我这就到金星上去，"第一船长说，"金星已经在朝着新的轨道移动。再过几个月，我的任务就结束了。那时候，我也将和伙伴们汇合。"

"然后你们一起开始宇宙远航吗？"阿丽萨问。

"对！"三位船长异口同声地说。

和三位船长依依不舍地告别后，我们的"飞马号"首先离开了月球。考虑到飞船上的动物，我们必须尽快把它们运回动物园，让这些动物能够有一个良好的生活环境。月球在我们的眼中变得越来越小，我们朝着地球开足了马力。

▌情境赏析▌

奇妙的外星历险圆满结束了，坏人的宇宙强盗得到了应有的惩罚。三位船长的杰出事迹令人感动，作为"飞马号"普通船员的四位也令人敬佩，尤其是小阿丽萨，这个"总是惹一些麻烦"的可爱小主人公，更让人看到了她的勇敢、顽强、机智以及临危不乱，更重要的是她的爱心，令一次一次大大小小的危机化险为夷，她不光赢得了她同龄小伙伴的真挚友谊，更获得了所有接触过她的大人们的喜爱和呵护。